Verlag Ulmer Manuskripte

Wissenschaft, Wirtschaft und Kultur
im Zeichen des Ulmer Münsters

Ulrich

Bibliographische Information der Deutschen Bibliothek
Die Deutsche Bibliothek verzeichnet diese Publikation in der Deutschen Nationalbibliografie; detaillierte bibliografische Daten sind im Internet über http://dnb.ddb.de abrufbar.

Verlag Ulmer Manuskripte
Blaubeuren/Ulm 2006
http://www.ulmer-manuskripte.de
Druck: DIP Digital Print, Witten
Satz und Umschlaggestaltung: Deniz Danyeri

Printed in Germany
ISBN 3-939496-38-3
978-3-939496-38-0

Moritz Fichtner

Der allergeilste Opa

Skurrile und andere
nachdenkliche Geschichten

Verlag Ulmer Manuskripte

Blaubeuren 2006

INHALT

DIE ESPE HAT GEFLÜSTERT

„Oh, verdamm sie, lieber Gott, verdamm sie", sagte Britt in dieser Nacht mehrmals, „ich werd' Kimberley anfallen, wenn sie kommt, wie eine Wildsau werd' ich sie anfallen."

Es war Kimberleys zwölfter Geburtstag, Britt und ich waren von ihrer Party geflüchtet, lagen bei hellem Sternenschein im Bett und warteten auf die Schwester. Kam sie nicht bald? Ich weiß noch, wie wir in die Milchstraße, den Großen Bären und die Venus hineinstarrten und von Minute zu Minute weniger fassen konnten, dass sie nicht da war.

Wir lebten damals noch alle drei in der „Meerhexe", unserem Haus an der Nordsee, Britt war vierzehn, zwei Jahre älter als Kimberley, ich sechzehn, und dem Ganzen stand Tante Minnich vor, die nichts als grundgütig war und uns unsere Gegensätze „austoben" ließ, denn der ewig schwitzende Vater lag krank im kühlen Keller, und die Mutter war tot.

So „tobten" wir jungen Mädchen uns wirklich aus. Jede Minute unseres Lebens gab es unausgesprochenen Krieg, vor allem zwischen zwei Parteien: auf der einen Seite Britt und ich, auf der anderen Kimberley, moralisch unterstützt von unserem Großvater, Opa Ludwig, der damals einundachtzig Jahre zählte und drei Zimmer unterm Dach bewohnte, wo er im Winter das Meer und die „Meerhexe" in Öl malte. Wir, Britt und ich, traten für „Modernität" ein; Anhängerinnen von Britney Spears, liefen wir bauchnabelfrei herum, trugen enge T-Shirts und Schlaghosen, ließen uns an Lippen und Nase piercen und liebten es, als Party-Luder, oder, je drei Fetzen auf der nackten Haut, als Freibadschlampen Jungen „anzumachen“ und alles zu provozieren, was bürgerlicher Anstand war. Kimberley dagegen war romantisch, neigte, so fanden wir, zu übergroßer Bescheidenheit, zu Aberglauben und Spießigkeit, zu Mozart statt Rock, zu Bach statt Pop. Gerade kurz vor ihrem zwölften Geburtstag war ihr Pakt mit Opa Ludwig erneut befestigt worden, denn der Opa hatte sie dazu angestiftet, jeden Tag die dicke, riesige Espe in unserem Park bei dem Vibrieren ihrer Blätter zu bestaunen. Diese Espe habe, sagte er, die Fähigkeit, Wünsche zu erfüllen, wenn man nur, tief genug in ihrem Astwerk stehend oder hängend, den Wunsch ganz intensiv gerade in einem Augenblick äußere, wenn ihre hunderttausend Blätter einem ins Ohr hineinraschelten.

So standen die Dinge, als in jenem Jahr der Mai gekommen war und damit Kimberleys denkwürdige Geburtstagsparty stattfand. Kein Gast, wirklich nicht einer, war auf Geheiß des „Geburtstagsmäuschens“ erschienen, nur unsere Familie, die biederen, langweiligen, grauen Felmys also und die biederen, langweiligen, grauen Minnichs, vollzählig vertreten, Cousin Matthias, gerade von einem langen Englandaufenthalt heimgekommen, hatte brav Mozart gegeigt, Kimberley etwas von Bach geflötet, die anderen beiden Cousins hatten meist dumm ins Meer hinausgelugt oder - Höhepunkt der Veranstaltung - meinen bloßen Bauchnabel angestiert.

Das alles fanden Britt und ich so unmäßig unpassend, oh, so unmäßig stillos, und deshalb hatten wir uns schließlich bei den Händen gefasst und waren von all dem fort und ins Bett geflüchtet. Hier lachten wir abwechselnd laut und brüsk durchs offene Fenster in die Nacht hinaus oder waren unwirsch und zornig. Ich gab Britt jedesmal Recht, wenn sie fluchte, oh, ich fluchte auch selber, und wir konnten nicht begreifen, was Kimberley so lange am Strand trieb. War sie denn plötzlich eine Freundin von lang hingezogenen Partys geworden - noch dazu einer solchen, die selbst sie langweilen musste? Sie kam aber wirklich nicht, nein, sie kam nicht vom Strand herauf, um etwas zu erklären, so dass die Zeit trotz der unterhaltsamen Flüche lang wurde und wir endlich, wenn auch gegen unseren Willen, einschliefen, ohne sie noch einmal gesehen zu haben.

Am nächsten Tag wollten wir natürlich sofort über sie herfallen, aber als wir ihr gegen Mittag das erste Mal außerhalb des Bettes begegneten, war Kimberley verändert, so verändert, dass unsere Attacke im ersten Anlauf stecken blieb. Unsere Schwester tat Dinge, die sie nie zuvor getan hatte: trug eine rosa Schleife im Haar, die sie fremdartig aussehen ließ, ging leise singend und barfuß auf den langen Gängen im Haus herum, alle paar Schritte auf ihrem Weg Halt machend, betrachtete sinnend ihre Hände und Füße. - Was war geschehen?

Nichts, so sagte man uns; sie, Kimberley, habe nur in der letzten Nacht zum Schluss der Party einige Male mit Matthias Walzer getanzt, dann, ehe sie ging, mit Opa Ludwig im Meer geplanscht, wirklich Belanglosigkeiten, sonst nichts.

Als Kimberley aber an demselben Abend, einen Tag nach ihrem Geburtstag, zu uns ins Zimmer trat und sich entkleidete, sahen wir noch mehr Veränderung: wir sahen, als sei sie plötzlich in einen Zauber getaucht, das erste Mal, dass ihre ganze noch knabenhafte Gestalt, vor allem aber ihr feines Gesichtchen mit den großen, grauen Augen unter dem blonden Wuschelhaar wirklich schön war.

Sie setzte sich lächelnd zu uns aufs Bett, schlug die Beine, die mittlerweile in einer himmelblauen Schlafanzughose steckten, übereinander und sagte:

„Sagt mal, welchen von unseren drei Jungen mögt ihr eigentlich am liebsten?"

Britt, die vom Vortag noch wütend war, drehte sich krachend im Bett um.

„Babbel, babbel", sagte sie, „für solche Ideen bist du noch viel zu jung; mach lieber die Funzel aus und schlaf!"

„Ja, Gott, wenn ich doch nun aber mal drauf gekommen bin!" rief Kimberley. „Denn einer von ihnen ist ja eigentlich besonders nett, oder?"

„Oh babbel, oh babbel", sagte Britt, „na gut, den dicken Grex mag ich, wenn schon einen. Und was weiter?"

„Den?" sagte Kimberley. „Ausgerechnet diesen Trillerich? Und warum nicht zum Beispiel einen anderen?"

Wir kicherten. Britt, indem sie die Nachttischlampe ausknipste, stieß ein girrendes Lachen aus und johlte:

„Ach, vielleicht den Matthias, so frisch heimgekehrt? Kommt daher das Gebabbel? Ja, nun ja, er ist ein ganz strammes, geiles Böckchen soweit."

Dann trat eine Pause ein. Wir hörten Kimberley in ihrem Bett wirtschaften, worauf plötzlich das Licht wieder ansprang. Kimberleys Hand lag auf dem Schalter, und sie saß aufrecht im Bett, sehr viel bleicher, als man erwarten konnte, und sagte:

„Nein, d a s will ich ja gar nicht."

„Was?" sagte ich.

„Na, d a s . Es geht wupp, wupp."

„Wupp, wupp?"

„Ja, alle sagen, es geht wupp, wupp. Nein, das ist ja nicht Liebe?"

Sie blickte Britt und mich fast Hilfe suchend mit großen Augen an, besonders aber mich, vielleicht weil sie von mir als der Ältesten besonders viel Verständnis erwartete. Ich fand jedoch, dass sie viel zu viel „Prijammel" aus allem machte und grinste nur:

„Du bist nicht cool genug, Schwesterchen, das ist dein Problem. Bald bist du dreizehn, da kommt ein guter Lover schon in Frage."

„Nein!" sagte Kimberley.

„Ja, dann bist du out!" sagte ich. „Dann bist du uncool, willst du das? Man braucht sogar mehrere Lover, schon um der bürgerlichen Abhängigkeit zu entgehen ..."

„Nein!" schrie Kimberley wieder. „Nein und nein! Wo wäre denn dann ... der Unterschied zwischen dem, den man liebt, und all den anderen?"

Ihr Ton regte mich auf. Nervös schaltete ich das Licht wieder aus, holte tief Luft und sagte:

„Schön, Schwesterchen, gut, Schwesterchen, und wenn du nun Recht hättest: was willst du denn tagein, tagaus mit ihm machen, mit dem einen, den du liebst? Anhimmeln bei Tag und anhimmeln bei Nacht? Geigen und flöten, he?"

Kimberley schwieg. Es folgte nur ein Schnaufen, dann sprang das Licht nochmals an, und sie lag lang im Bett ausgestreckt, blickte zur muschelförmigen Deckenlampe empor, in der ein paar Nachtfalter mit schweren schattigen Flügeln flappten, und sagte:

„Geigen und flöten, warum nicht? Ja, er geigt und ich flöte, so wird's sein, genauso wird's sein, warum denn nicht? Der Opa sagt ja auch, dass es geht, und er sagt, man braucht nur e i n e n im ganzen Leben, nur einen einzigen, den man wirklich liebt ... Genauso, wie er auch das mit der Espe sagt, und Recht hat er."

Das mit der Espe! Sie ließ sich also nicht belehren, und nun kam sie auch noch mit der Espe! Ich schrie fast vor Lachen:

„Du gehst also zu diesem Espenbaum?"

„Ja!"

„Um da zu wünschen und zu zaubern?"

„Ja! Was sonst?"

„Nein", schrie ich, „es geht nicht, hörst du? Es ist ein Holzweg. Matthias, dein Darmstreicher, den du so liebst, wird dir davonlaufen wie ein gejagtes Wild - mit hohen, weiten Sprüngen, als ob ihm eine Giftspritze im Rücken säße! Und überhaupt .. Der Espenbaum..."

„Was, überhaupt?"

Ich antwortete nicht mehr. Die Wut, in die ich mich hineingesteigert hatte, würde, fürchtete ich, zu offensichtlich werden, wenn ich weitersprach.

Merkwürdig war nun, dass mir die ganze Sache, die mich ja nicht persönlich berührte, auch an den folgenden Tagen keine Ruhe ließ. Ich belauerte Kimberley heimlich bei all ihren Tagesgeschäften, beriet mich mit Britt in der Gartenlaube, und schließlich führte das Ganze dazu, dass wir, um unnachsichtig an den Tag zu bringen, was sie „im Innersten umtrieb", Kimberley auflauerten, als sie einen ihrer Gänge zu der großen Espe machte.

Es war eine milde Juninacht, wiewohl leichter Wind ging, der Mond hatte den ganzen Park mit hellem, blauweißem Licht überstrahlt, die Jasminsträucher, von denen unser Haus reichlich umgeben war, blühten, und mächtig und breit stand die alte Espe unten am Teich, hundertarmig vom Boden an, jeder Arm viele Meter seitlich gestreckt und dann aufwärts gebogen wie der Arm eines Leuchters, und alle Arme tausendfältig behangen mit dreieckigen, gezackten, wispernden Blättchen. Wir hockten im Fliedergesträuch, nur einen Meter vom Wispern der Espe entfernt, in Miniröckchen, und Kimberley, in einem langen, leicht wehenden, dunkelblauen Kleid, das auf ihren Wunsch eigens zu ihrem Geburtstag für sie angefertigt worden war, kam vom Haus her durch den Park auf uns zu. Leise vor sich hin scharrend, blieb sie ein paar Mal am Teich stehen, wobei sie jedes Mal in den Mond hineinsah und etwas sagte, das wir nicht verstanden. Als sie nahe genug war, blieb sie vor der Espe stehen und sagte laut:

„Ich habe eine Bestellung an das Universum."

Dann schlüpfte sie ins Geäst der Espe, war eine Weile fort, bis ihr Kopf, im Mondlicht klar zu erkennen, vor dem Meer zitternder Blätter wieder auftauchte. Was sie nun sagte, war fast wie ein Singen, ein Singsang von Wörtern, deren Einzelheiten ich heute vergessen habe. Matthias war es natürlich, um den es ging, Matthias, mit dem sie am Strand so ganz einmalig getanzt und musiziert hatte, Matthias, den sie liebte und der sie wieder lieben sollte - „Du liebes Universum, in vier Jahren, wenn ich sechzehn bin, ist er zweiundzwanzig, da lass mich Hochzeit halten mit Matthias Felmy."

Merkwürdig - ein merkwürdiges Zeug, fand ich, das alberne Gebet eines viel zu kindisch gebliebenen zwölfjährigen Mädchens, und so empfand es auch Britt, wie sie mir später sagte. Und doch, wie wir da im Fliederstrauch saßen, waren wir gebannt - gebannt nach ihren ersten Worten schon, viel weniger allerdings vom Sinn ihrer Worte, den wir selbstverständlich nach wie vor verachteten, als vielmehr von der Melodie, die ihre Stimme fast zu singen schien, und vielmehr vor allem von dem Bild, das ihr Gesicht inmitten der Blätter abgab. Ich verachtete mich, dass ich sie so schön fand, ich versuchte fortzuschauen, aber es glückte nicht, sie w a r schön, ein Zauber hatte sie ergriffen, der sie noch schöner machte, als sie ohnehin war, ein Zauber, der, mitten in ihrem Gesang in all den Espenblättern, sie aussehen ließ wie von Boticelli gemalt, klar und rein und ganz und gar so, dass wir das Gefühl bekamen, die Augen niederschlagen zu müssen und dennoch nicht aufhören konnten zu starren.

Als Kimberleys Gesicht endlich wieder in der Espe verschwunden war, nahmen Britt und ich den Weg zurück über das Teichufer, das durch Buschwerk gut gedeckt war. Britt atmete die ganze Zeit hörbar oder versuchte vor sich hin zu summen, was sie aber jedes Mal schon nach den ersten Takten wieder abbrach. Als wir schon dicht am Haus waren und Tante Minnich mit ihrem ballonförmig hochgesteckten Haar, die anderen Tanten wie helle Bälle um sie herum, und die drei Cousins auf der Terrasse sehen konnten, flüsterte sie:

„Jetzt ist das Kind übergeschnappt."

„Ja, total übergeschnappt", sagte ich. „Und schuld ist der verdammte Opa, der sie ganz und gar um den Verstand bringt!"

„Ja, der Opa, das Fettgesicht, gehört vergiftet", flüsterte Britt. „Was aber machen wir jetzt mit Kimberley?"

Das war eine gute Frage, denn was sollte man jetzt tun, um das Schreckliche, das vor unseren Augen mit unserer Schwester geschah, das Versinken in absolut chaotischem Aberglauben, zu stoppen? Vielleicht nahm ich am nächsten Morgen Kimberley „kräftig zur Brust" - mit sehr bösen Worten, wenn es sein musste? Vielleicht schwärzte ich sie bei Tante Minnich an? Vielleicht suchte ich während einer Pause in der Schule die Klasse 6 a auf, die Kimberley besuchte, und stellte sie dort bloß, indem ich all den Kleinen vom mondbeschienenen Treiben ihrer „allerschönsten" Mitschülerin erzählte?

Ich sann unablässig nach, doch waren meine Gedanken nicht recht bei der Sache. Schon als wir das Schlafzimmer betraten, waren sie mehr mit Kimberleys Gesicht als mit ihren „Sünden" beschäftigt, und ich trat ans Fenster, schaute nach ihr aus und lauschte, ob ich etwa das Rascheln der Espe bis hierher hören konnte. Da alles mondbeschienen und still blieb, griff ich unwillkürlich nach dem Handspiegel auf dem Nachttisch, warf mich aufs Bett und blickte hinein - lange und aufmerksam. War ich schön? Konnte mein Gesicht einem Vergleich mit Kimberley aushalten?

„Ja, du bist schön", sagte Britt, die auf ihrem Bett saß und an ihrem Nasenring fingerte, „du bist die Schönste, babbel, babbel, die Schönste im ganzen Land."

Da sprang ich auf und rannte hinaus, wütend und in höchstem Maße unzufrieden. Was hatte ich gesehen? War ich hässlich? - Nein, nicht hässlich, aber großohrig, der

Mund etwas zu breit vielleicht, aber hübsch, vorteilhaft sinnlich, alles normal eben, - zu normal allerdings, schien mir, ein wenig kalt, zu eindeutig materiell, zu platt, - vielleicht, wenn ich an die großen Ohren dachte, sah ich sogar ein wenig tierisch aus?

Beunruhigt kam ich wieder ins Freie, lief wieder, diesmal in entgegengesetzter Richtung, am Teich entlang, kam zur Espe, fand sie rauschend im Wind, der ein wenig aufgefrischt hatte, aber leer ohne Kimberley und drehte hastig wieder um. Mein Gesicht ging mir nicht aus dem Sinn, und ich lief auf dem weißen Kiesweg an der unteren Fensterfront unseres Hauses an den hohen roten Strauchrosen entlang, um hinter den Scheiben Gesichter zu erspähen, die ich mit meinem Gesicht vergleichen konnte. Da sah ich Opa Ludwig in der Bibliothek pausbäckig und stoppelbärtig im Schaukelstuhl sitzen und schlafen und sah Matthias in seinem Schlafzimmer mit seinem guten eckigen Gesicht unter dem welligem Haar auf seinem einfachen Feldbett liegen und ebenfalls schlafen. Beide hatten Gesichter voller Entspanntheit, voller Ruhe, voller Gewissheit und Sieghaftigkeit, oh, alles das nicht zu vergleichen mit der Leere, die ich in meinem eigenen Gesicht gesehen hatte. Hatten sie denn alle etwas geradezu Heiliges an sich, das mir fehlte?

Am nächsten Tag nahm ich Kimberley nicht „zur Brust", unternahm auch bei Tante Minnich und in der Schule nichts, obwohl ich es beim Aufstehen fest eingeplant hatte. Nur die einfache Holzstiege zum Opa kletterte ich hinauf, zauste seine Ölbilder und beschimpfte ihn lange und gründlich als Bosnickel und Kinderverführer, und abends, von einem dumpfen Drange getrieben, ging ich allein in den Park und trat plötzlich, ganz und gar voller Unvernunft und Zorn, zu der alten Espe.

Ich weiß noch, ich wollte etwas sagen, etwas Unflätiges, schreien wollte ich, und Fäkalien sollten in dem Schrei enthalten sein, Fäkalien zuhauf, - aber eigenartig, ich kletterte zwischen die ragenden Zweige und sagte lange Zeit nichts. Der Wind vom Vortage wehte weiter frisch, der Mond schien über Park und Teich, die Espenblätter raschelten mir in die Ohren, und ich schwieg.

Ich wusste nichts, das war die Katastrophe, alle Kraftausdrücke waren mir davongeeilt, davongeschwommen wie eilige Fische im Bach. Kimberleys Heiligengesicht war mir wieder eingefallen, und nichts anderes wollte mir einfallen, während mir in einem fort durch den Kopf ging: Ich möchte aussehen wir Kimberley.

Plötzlich sagte ich es laut. Sagte laut und deutlich:

„Ich möchte aussehen wie Kimberley."

Dann steckte ich, wie am Vortag die Schwester, erschrocken den Kopf aus den Zweigen und sah mich um. Was ich da gesagt hatte, das war etwas zum Schämen, soviel war mir klar. Nicht nur dafür, dass ich hier im Park überhaupt Selbstgespräche hielt und dass ich einen so seltsamen und eitlen Wunsch ausgesprochen hatte! Nein, da war noch etwas ... Und plötzlich fiel mir ein, dass ich, im Sinne meines Opas, soeben bei diesem Baum, unter dem ich stand, eine Bestellung aufgegeben hatte. Eine Bestellung an die Espe! Ich!

Nein! rief eine laute Stimme in mir: nein, nein, das ist ein Irrtum!

Aber half das denn etwas? Und war es wirklich ein Irrtum? Wieder wollte ich mich schämen, da erkannte ich, während ich mich erneut umsah und ringsum in die Weite blickte: Es war ja niemand da, weder vor den Büschen noch hinter den Büschen, niemand, vor dem ich mich schämen konnte. Niemand hatte meine Stimme gehört, niemand meine Gedanken gelesen, niemand mich auch nur erblickt. Da gab es nur den stillen Park - nach wie vor, nur den Mond, nur den Teich, nur die Espe, die mit ihren hunderttausend Blättern hunderttausendfach grün und grünsilbern flirrte und zitterte. Konnte ich da, angesichts dieser großen, silberblauen Welt, in der ich ganz allein war, nicht ebenso gut einmal annehmen, für einen Augenblick nur, der Baum hätte wirklich jene große Zauberkraft?

Lange stand ich, den Kopf wieder zurückgezogen ins Laubwerk, im Geflüster des Baumes und kämpfte mit mir. Endlich, indem ich mich unwillkürlich an den Espenästen festhielt, sagte ich ins Halbdunkel hinein:

„Bestellung hin, Bestellung her, ich möchte aussehen wie Kimberley."

Und der Baum schien zu flüstern:

„Ja gut, ja gut .."

„Ja, genau wie Kimberley", sagte ich trotzig.

Aber es fiel mir schwer durchzuhalten. Schon in diesem Augenblick fand ich mich wieder lächerlich, und seltsam war nur, dass ich es laut sagte.

„Ich bin ja total lächerlich!" sagte ich.

„Vor wem denn? Vor wem in der weiten Welt? Du bist nicht lächerlich..."

„Nicht?“

„Nein, sag noch mehr ... sag ruhig noch mehr...“

„Gut“, sagte ich, „Kimberley soll ihren Matthias bekommen, sie soll ihn bekommen, und ...“

Ich schwieg, schwieg lange. Was hatte ich gesagt? Lag mir denn so viel an Kimberley?

Sehr spät, nachdem ich wieder die Espe umrundet und den Park durchstreift hatte, kam ich in dieser Nacht in die „Meerhexe“ zurück. Die große Standuhr in der Bibliothek schlug zwölf, das Meer schien durch die geöffneten Fenster mitten in die Vorhalle hineinzurauschen, und ich dachte immerfort an das Gespräch mit dem Baum. Es war ein Selbstgespräch gewesen, so viel war mir inzwischen klar, aber diese Erkenntnis enttäuschte mich nicht, ich war im Gegenteil heiterer geworden, so heiter, dass ich Lust verspürte, den großen Wandspiegel am Treppenaufgang zu besuchen, um zu sehen, ob ich nicht doch Kimberley ein wenig ähnlicher geworden war...

Aber ich tat es nicht. Die Heiterkeit, so dachte ich, sollte mir bleiben. Wichtiger war mir jetzt, Kimberleys Gesicht zu sehen, ihr eigenes Gesicht, das eben nur ihr gehörte, und ihr etwas Freundliches zu sagen. Was denn? „Ich liebe dich“, fiel mir ein, etwas anderes nicht, gegen alle Einwände aus der Vergangenheit immer wie der, „ich liebe dich.“

Und ich ging wirklich hin und sagte es ihr.

BESUCH BEI DER RATTE

„Ich komme Sie demnächst besuchen, und wir werden wieder über den Sinn des Lebens reden – und werden die Ratte ansehen“, hatte Axel am Telefon gesagt.

Und nun kam er.

Fischler erwartete ihn an der Tür. Er war Axels ehemaliger Lehrer, ein Mann, der extrem tierlieb und seltsamerweise darauf verfallen war, eine zahme Ratte zu halten. Groß und überaus ernst, ein wenig eulenäugig, preußisch aufrecht in einem dunkelblauen Blazer stand er da, während die Schneeflocken, durch die Axel über mäandernde Gartenwege unter einem Regenschirm heranspazierte, zu ihm hereintanzten. Axel, ein sehr junger Vater von auffallend breiter, athletischer Gestalt, hatte vor ein paar Tagen kurzerhand sein Töchterchen, das im besten Kindergartenalter war, zusätzlich angekündigt. Seit etwa sieben Jahren der Schulbank ledig, hatte er den Kontakt zu diesem besonderen Lehrer doch nie abreißen lassen, wenn auch ohne ihn zu besuchen, und Fischler mochte ihn, da er von der Norm der Schüler in jeder erdenklichen Hinsicht abwich, ohne geradezu paranoid zu wirken. Über das Telefon hatten sie so mit den Jahren eine Art Freundschaft geschlossen, in die endlich sogar Frau Fischler mit einbezogen worden war. Axel, ein Anhänger der chinesischen Gesundheitslehre, die er sehr eigenwillig auslegte und der er sehr große Kräfte zu verdanken meinte, fand zwar, eine Frau enthalte zu wenig Yang und könne wie eine Dose oder ein Einmachglas nur physisch, nicht aber geistig geöffnet werden, doch tat dies den freundschaftlichen –

wenn auch oft sehr gegensätzlichen – Disputen über Sinn und Unsinn des Lebens, politische Fragen, menschliche Schwächen und Stärken und Gottes Beteiligung an allem keinen Abbruch.

Axel war inzwischen bei der Tür angekommen. Er trug nur den Regenschirm in der Hand, am Leib aber nichts als eine Trainingshose und ein zitronengelbes T-Shirt. Er beeilte sich, sogleich mitzuteilen, dass er unter Hose und Hemd über Unmengen von ausgezeichnetem Yang verfüge, was eben auch ausgezeichnete Körperwärme bedeute und es ihm selbst bei winterlichen Temperaturen unmöglich mache, sich noch mehr Kleidung zu genehmigen. Gleichzeitig mit ihm war sein Töchterchen Nadine, ein kleines Wesen in hellblauem Trainingsanzug und mit roter Zipfelmütze, das auffällig große braune Augen besaß, in den Windfang hineingeschlüpft und hatte sofort begonnen, den Vater wie ein Karussell liebevoll zu umkreisen, wobei sie eines seiner Beine wie einen Laternenpfahl als Mittelpunktstütze festhielt.

„Die Ratte, die Ratte, die Raa--aatte“, summte sie dabei nach

Kinderart vor sich hin. „Ich muß die Raa—aatte se—hen! Die Raa—aatte, ja – die Ra—a—atte!“

Dann aber blieb sie unversehens stehen, stampfte mit dem Fuß auf und wiederholte energisch:

„Ich muss und muss die Ratte sehen. Wo ist denn die Ratte?“

Bei diesem Auftritt riss Axel die großen runden braunen Augen auf, die genau denen seiner Tochter glichen, so dass in ihnen ein entzückter und entrückter Glanz sichtbar wurde.

„Sie hat Power", sagte er mit fast singender Stimme zu Fischler, „dieselbe Power wie ich. Sie ist voll unsagbarer Power! Und sie muss und muss schon seit Wochen Ihr kleines Rättchen sehen. Wo ist denn das kleine Rättchen?"

„Oha oha, das Rättchen!"

Aus seinem gewöhnlichen Ernst gerissen, hob Fischler wie ein beschwörender Priester beide Hände und zeigte bedeutungsvoll auf seinen linken Ärmel, an dem indes nichts zu sehen war als drei eng aneinandergereihte silberne Blazerknöpfe.

„Was? Da drin?" fragte Nadine mit rundem Mund.

Aber Fischler schwieg, senkte nur genauso bedeutungsvoll die Arme, wie er sie gehoben hatte, und lugte mit gehobenen Brauen angespannt in seinen Ärmel, der offenbar alles andere als leer war.

Nun ging man ins Haus. Hier – freundlich, blond und sonnig – bei flackerndem Kaminfeuer, zwei großen Aquarien gegenüber, die der tiernärrische Hausherr wöchentlich pflegte und in denen rubinrote und tintenblaue Fische mit sichtbarem Wohlgefallen flossenfächelnd auf- und absegelten, wartete schon Frau Fischler auf die Ankommenden. Auf Axels Anraten war Apfelkuchen, des Pektingehaltes wegen gewaltig enervierend, und grüner Tee, der Yin erzeugte und das viele Yang des Apfelkuchens in Schach halten sollte, serviert worden, und man setzte sich zum Feuer, um diese guten Dinge einzunehmen.

„Ja, Power", sagte Axel, noch ehe die erste Tasse Tee gefüllt war, „Power, das ist das A und O meines Lebens und all meiner Geschäfte."

Von diesem faszinierenden Thema seiner Taten und Leistungen mochte er ganz und gar nicht wieder ablassen, und da die beiden Fischlers höflich ihren Beifall nickten, so war entschieden, dass trotz Nadines flehentlicher Einwände zunächst ganz andere Dinge als die Ratte abgewickelt werden würden.

Nur einmal während der einsetzenden bewegten Erörterungen ließ sich Fischler von Nadines in Verzweiflung immer runder werdenden Augen erweichen und flüsterte ihr zu:

„Sie heißt Erich."

„Was? Erich? Die Ratte heißt Erich? – Ach, es gibt ja gar keine Ratte! Und keinen Erich! – Oder?"

Da schaute aber der Rattenbesitzer in seinen Ärmel ganz tief hinein, so tief, daß sogar seine Nase im Ärmel verschwand, und sagte:

„Oh doch! Es gibt ihn, es gibt den Ratten-Erich. Ganz tief darinnen. Aber er schläft jetzt, und wenn er aufwacht, so wird er herauskommen und dir guten Tag sagen. Er macht ganz leise Atemzüge! Horch nur!"

Und Nadine horchte an Fischlers Ärmel, und richtig, da hörte sie ihn atmen, hörte die Ratte Erich ganz leise durch den Ärmel atmen, so dass sie andächtig wurde wie im Gebet und unverwandt bei dem Ärmel sitzen blieb.

So war der größte Teil des Nachmittags schon vergangen, als Axel dem Höhepunkt seiner Ausführungen zusteuerte.

„Ja, der Riesenerfolg!" sagte er. „Ja, die Power! Davon haben wir viel zu wenig gesprochen. Weiß Gott, die Power! Wirklich! Ohne die Power hätte ich diese Riesenerfolge nicht gehabt! Ohne die Power geht nichts!"

„Ja ... na ja, die Power“, sagte Fischler und stieß die Kuchengabel ein wenig gröber als nötig in den Apfelkuchen.

„Nun – aber welche Riesenerfolge denn?“

„Welche Riesenerfolge?“

Unter der Wucht dieses Zweifels stand Axel auf. Seine Brust unter dem gelben Hemd schwoll an, und er schlug sich mit beiden Händen auf die Brust. Dann sagte er:

„N o c h gar keine.“

Eine lange Pause entstand.

„Gar keine?“

„Nein; aber sie kommen!“ sagte Axel. „Sie werden kommen.

Denn ich meditiere es, und wenn ich es meditiere, ist es so gut wie schon geschehen. Und ... ich bin der Allergrößte!“

Jetzt stöhnte Fischler. Frau Fischler ordnete verzweifelt den übrig gebliebenen Apfelkuchen. Axel jedoch, sich wieder auf die Brust schlagend, fuhr fort:

„Oder doch fast der Allergrößte, wissen Sie! Sie wissen ja auch, dass ich ein Geschäft habe! Und dieses Geschäft wird mehr Geschäfte gebären, immer mehr Geschäfte, und dann werde ich Millionen haben, und dann ...“

Axel schwieg ergriffen. Er stand nun nicht mehr einfach da, seine ganze rechteckige Gestalt schwebte vielmehr eine Weile auf seinen Füßen auf und nieder, dann nur noch aufwärts, als sei ein tätiger Blasebalg in ihm verborgen, während gleichzeitig in seltsamem Gegensatz dazu stark hervortretende Stirnfalten auf seinem Gesicht eine gewisse Besorgnis auszudrücken begannen, ob es ihm auch gelingen möchte, ganz glaubhaft zu sein.

„Und dann?“ fragte Fischler.

„Und dann ...“ – Axel hauchte nur noch unter der Größe dieses Gedankens – „dann werde ich's der Menschheit zurückgeben können.“

„Der Menschheit!“ rief Fischler und stieß wieder in die Apfeltorte. Das ist ja ... ja allerhand ...“

„Ja, der Menschheit, der ganzen“, fuhr Axel ebenso leise fort. Mit einem großen tigerhaften Schritt, der eher ein Sprung war, trat er zu Nadine, blieb mit weit ausgebreiteten und erhobenen Händen bei ihr stehen und küsste sie plötzlich schmatzend auf den Mund. „Ja, der Menschheit und meiner kleinen Nadine. Sie wird nie Sorgen haben. Ich gebe ihr alles zurück, denn sie ist es ja, die mir die Kraft zur Meditation gibt. Sie ist es ganz allein. Und sie und die Menschheit bekommen alles zurück. Denn die Menschheit braucht es ja auch. Das wissen Sie ja besser als ich, Sie als Lehrer, der all das studiert, was ich nur ahne, das ganze Elend mit Hunger und Krieg ... und so ...“

Nun war Fischler stumm geworden. Auch Axel schwieg wieder, offenbar deutlicher innegeworden, was er eigentlich gesagt hatte, und verlegen über die eigenen Worte.

„Menschheit hin, Menschheit her“, sagte er schließlich, „es ist spät darüber geworden, und wir müssen gehen.“

Er winkte seiner Tochter, aber Nadine, die nach wie vor beharrlich und liebevoll Fischlers Ärmel bewacht hatte, sprang protestierend mitten ins Zimmer.

„Und die Ratte?“ rief sie. „Was ist mit der Ratte?“

Sie sah Fischler an, und Fischler, wie erwacht, blinzelte im selben Augenblick Nadine zu und zeigte wieder auf seinen linken Ärmel.

„Nein, ihr geht noch nicht“, sagte er. „Aber jetzt! Jetzt pass auf! Sie ist da drin. Aber sie kommt nur und sagt „Guten Tag“, wenn jemand ihren Namen ruft. Dieser Jemand, hörst du, darf aber nicht irgendjemand sein. Nur der, der sehr viel Power hat und unheimlich viel Yang ... und auch ein sehr gutes Herz ... Nur der kann sie herauszaubern! Und dieser Jemand ...“

„... das ist mein Vater! Ja, das ist mein Vater!“ rief Nadine.

„Ja, Axel, du! Du musst sie rufen!“

Und Axel, der den Türgriff schon in der Hand gehalten hatte, nickte wie befreit, trat mit einem erneuten Tigerschritt in den Raum zurück, beugte sich im nächsten Augenblick über Fischlers Ärmel und rief hinein: „Eeee—rich!“

Da – Fischler hielt den linken Arm weit vorgestreckt – bewegte sich etwas in dem Ärmel, Wellen flossen von oben nach unten, immer schnellere, immer kleinere Wellen, und dann – Axel hatte noch einmal „Eeee-..rich!“ gerufen und Fischler dazu wie ein Kutscher mit der Zunge geschnalzt, - sah man etwas. Der graue Rattenkopf mit schwarzen Knopfaugen und zitternden Schnurrhaaren sah witternd aus dem Ärmel, machte sofort eine Drehung nach rechts und sah Fischler an. Der schnalzte noch einmal mit der Zunge, und als er sich dabei mit der rechten Hand an den Kopf tippte, rannte Erich, die Ratte, einen langen unbehaarten Schwanz hinter sich herziehend, plötzlich los und saß ebenso plötzlich auf des Studienrates Kopf, wo sie eifrig die Silberhaare durch ihre Zähne zu fädeln begann.

„Oh, oh, oh!“ rief Nadine.

Sie zeigte mit offenem Mund auf die Ratte.

„Oh, das ist Erich!“

„Ja, das ... das ist der liebe Erich“, sagte Axel.

„Oh!“ Nadine schlug vor Staunen die Fäuste zusammen. „Oh! Kann ... er auch mal zu mir kommen?“

„Natürlich, das kann er, das will er ja!“ sagte Fischler. „Deshalb ist er ja herausgekommen, um der kleinen Nadine „Guten Tag“ zu sagen.“

Und er ging zu Nadine hinüber und setzte ihr Erich in das blonde Haar; und Erich, ebenso zufrieden wie auf Fischlers Kopf, machte sogleich Männchen und schaffte mit den Zähnen und den kleinen beweglichen Händen Haar von rechts nach links und von links nach rechts, um sich ein Nest zu schaffen, in dem er noch ein wenig bequemer sitzen konnte.

„Oh!“ rief Nadine immer noch. „Oh, Erich, ist das schön, Erich? Oh, Papa – er soll bei mir bleiben, er soll immer bei mir bleiben!“

Und natürlich, da alles so schön und die Freundschaft auf solche Weise geschlossen war, blieb er noch eine Weile, und man schob den Aufbruch nochmals hinaus. Endlich aber musste Erich wieder in Fischlers Ärmel verschwinden. Axel hob die benommene Nadine auf und trug sie, als die Gäste das Haus verließen, auf dem Arm unter dem aufgespannten Regenschirm über den verschneiten Gartenweg. Fischler begleitete sie, während es immer noch schneite.

„Ach, nun haben wir vor lauter Ratte gar nicht über den Sinn des Lebens geredet“, sagte Axel, nun wieder etwas betreten.

„Oh doch“, sagte Fischer mit Nachdruck, „die ganze Zeit über haben wir das getan.“

„Aber nein! Nein, nicht ernsthaft genug!“ sagte Axel. „Denn Sie sehen ja in all dem gar keinen Sinn, oder?“

“Oh doch, auch ernsthaft“, sagte Fischler.

„Aber Sie glauben es ja nicht!“ sagte Axel. „Wie immer glauben Sie so wenig! Sie glauben nicht, dass die Ratte das

Tollste ist und dass ich der Größte bin, und Sie glauben ...“

„... tatsächlich rein gar nichts, nein, nicht einmal an Meditation“, sagte Fischler, „oder etwa an Jesus Christus. So war's ja immer, und so ist's auch heute. Nein, ich glaube wirklich an rein gar nichts.“

Bei diesen Worten hatte er die Stimme angehoben, wie um die Ironie des Überlegenen und Belesenen, der Einblick hatte in alle Relativitäten dieser Welt, deutlich zu machen. Als Begleitung dazu war aber seine Miene tief nachdenklich, er wischte unwirsch mit beiden Handrücken die herabschwebenden Schneeflocken von Wangen und Stirn, und als er dabei in Axels runde braune Augen sah, blickte er ein paar Sekunden lang tatsächlich wie eine erschrockene Eule und sagte:

„Ich tue dir wohl leid, was? Ohne Yoga und Jesus und Buddha und all das, wie?“

Man hatte inzwischen das Gartentor erreicht. Axel trat auf die Straße. Fischler wuselte noch mit einer Hand in seinem Gesicht herum und streckte dann die andere zum Abschied aus. Axel, Nadine wieder an der Hand, achtete aber wenig auf ihn, denn er hatte mittlerweile seinerseits mit dem herabrieselnden Schnee Kontakt aufgenommen. Große Flocken waren es, schwebend und schaukelnd wie weiße Schiffchen. Axel betrachtete in einer silberweißen Schar, die vom

Laternenlicht herausgeschnitten wurde, jede einzelne von ihnen und schrie plötzlich: „Jesus ist der Allergrößte!"

Pause.

„Was, noch größer als du?" sagte Fischler.

„Ja, weiß Gott!"

„Wie kann das angehen?" fragte Fischler.

Noch ehe er aber Zeit gefunden hatte, sich über diese neuerliche Attacke zu beruhigen, sah er, wie Nadine an der Hand ihres Vaters zu zappeln begann. Sie löste sich von der Hand, sprang in einem zeremoniellen Tanz, immer auf zwei Beinen gleichzeitig, einmal im Kreis herum, preschte dann in Ermangelung noch größeren verbliebenen Raumes im Rücken, einige Zentimeter vor und stieß kreischend gegen Fischlers Knie, indem sie rief:

„Ja, Jesus ist der Superstar!"

„Tatsächlich?" sagte Fischler, der das fast gestrauchelte Kind in seinen Armen aufgefangen hatte und sein Gleichgewicht mit Mühe wieder herstellte. „Aber Kind, glaubst du das auch wirklich?"

„Ja, aber, aber, aber", schrie Nadine, „aber heute, das war das Schönste! Das war noch größer als Jesus! Die Ratte! Oh!"

„Was? Noch größer? Die Ratte?"

So wie er sie noch immer in seinen Händen hielt, hob Fischler das kleine Bündel hoch über seinen Kopf und betrachtete es, während das Gesichtchen vor ihm glühte, pulste und zuckte.

„Ja, die Ratte, die Ratte, die Ratte!" kreischte Nadine.

„Oh Gott, ihr seid beide verrückt", sagte Fischler, „beide ganz und gar verrückt!"

Fast stöhnend setzte er Nadine endlich zum Abschied hinterm Gartentor ab. Die Gestalten der beiden Gäste, die eine so mächtig, von hinten anzusehen wie ein kraftschwingendes Rechteck, die andere so winzig, wie ein Flämmchen nebenherhüpfend, gingen durch die tanzenden Flocken unterm Regenschirm davon, und Fischler fuhr, zu seiner Frau gewandt, fort:

„Weiß Gott, die beiden machen mich fertig. Sie haben mich fertiggemacht. Platt! Fertig und platt wie einen Kuhfladen. Oder fängt der Himmel neuerdings wieder an, zu uns herabzusteigen?

BENEDIKT, HILF!

Den ganzen Tag über, unermüdlich, waren Pape und John-Johnny im überfüllten Köln dem Papst und seinem Papamobil hinterhergelaufen, jetzt aber, gegen Abend schon, gingen sie endlich gemächlicher, trotteten über die große Rheinbrücke heim zu ihrem Lager, zwei hoch ins Kraut geschossene Gestalten, schon um die vierzig der eine, dem eine Papstmütze schief auf dem Kopf vor grauschwarz wuchernden Haaren saß, noch fast ein Junge der andere, der einen Schnurrbart trug, dessen dünne, schwärzliche Enden ihm bis auf den Hemdkragen baumelten. Beide schwiegen, summten nur vor sich hin oder knufften sich hin und wieder wortlos in die Seiten, bis, in der Mitte der Brücke angekommen, der Jüngere plötzlich einen Sprung machte.

„´n geiler Papst, was? Heiliger Benedetto! Das war´n wirklich geiler Papst, hu! Der hätte es meiner Scheißmutter gegeben, Pape! Was, Pape? Der hätte ihr eingeheizt!"

„Scheißmutter?" Pape knuffte den anderen stärker, so dass erleicht taumelte. „Hömma, John-Johnny, Scheißmutter, Scheißmutter! Den ganzen Morgen und jetzt seit dem Roncalli-Platz hast du nichts anderes drauf. Was ist mit der Scheißmutter?"

Damit blieb er stehen. John-Johnny blieb auch stehen, stoppte, für Gleichgewicht sorgend, die Schwingungen seines Bartes, indem er die Enden mit der Rechten umklammerte, und sah Pape an.

„Ist eben ´ne Scheißmutter", sagte er.

„Na, aber was ist mit der Scheißmutter?" sagte Pape.

John-Johnny blickte in die sich ineinander schiebenden feisten Wolken über ihren Köpfen und begann schwer zu atmen. Plötzlich sagte er laut:

„Sie war ... Nein, willst du´s wirklich wissen, Pape?"

Pape nickte.

„Sie war ... Nein, sie hatte ... Sie hatten ´nen Hund, weißt du?"

„Ach", sagte Pape, „ ... ´nen Hund! Die Scheißmutter, was?"

„Ja, ´nen Hund, der Trudi hieß", sagte John-Johnny, „´nen winzigen Hund hatte sie, und er wurde jeden Tag winziger und pinkelte überall hin, und ich war fünf Jahre alt."

„Ach", sagte Pape.

„Ja, und diese Trudi, Pape", sagte John-Johnny, „pinkelte auch ins Pfarrhaus, weißt du, wo meine Mutter arbeitete, aber das durfte Trudi, weil der Pfarrherr es duldete, und meine Mutter ging mit Trudi über den Dorfanger in der Sonne spazieren und schmuste mit ihr jede freie Stunde und juchheite mit ihr im Bett in den Daunen herum, während ich im Nebenzimmer, wo der Apfelbaum hereinschaute, schlafen sollte, ... aber dann ... dann war der Hund eines Tages weg ..."

John-Johnny zog einen Flachmann aus dem Hemd und trank.

„ ... War weg, verstehst du? Meine Mutter schrie durchs gottverdammte Pfarrhaus und schrie Hochwürden an und heulte und bohrte mit den Augen in alle Ecken – bis sie zum Hintereingang der Kirche kam, dorthin, wo die Penner und Bettler unter den Apfelbäumen standen und auf ihre warme Graupensuppe warteten, die meine Mutter ihnen Tag für

Tag kochte, und dort, unter dem größten Apfelbaum, stand einer von ihnen, das Essgeschirr in der Hand, mit Augen wie matt glänzende Uniformknöpfe, und sagte:

‚Ich hab' ihn.'

‚Den Hund? Den Hund?' schrie meine Mutter.

Und der Mann mit den Uniformknopfaugen sagte:

‚Hundert Mark.'

‚Was?'

‚Hundert Mark, oder er ist tot, ein toter Hund, Frau!'

Da holte meine Mutter hundert Mark, verstehst du, Pape, hundert Mark aus'm alten Buch oder unterm Teppich hervor, weiß Gott, wo sie das Bisschen aufbewahrte, das sie hatte, und gab dem Kerl das Geld, steckte ihm den blauen Schein zittrig zwischen die knochigen Finger, und der Kerl führte meine Mutter zur Sakristei, die er abgeschlossen hatte, und öffnete die Tür. Da lag der Hund auf dem hellen Teppich unter dem Kruzifix auf dem Rücken, als wolle er sich kraulen lassen, die langen flauschigen Ohren platt neben dem Kopf, aber er atmete nicht, nein, er konnte nicht atmen, denn seine Kehle war durchschnitten."

Als John-Johnny so weit gekommen war, hatten die beiden, die inzwischen weitergegangen waren, fast das Ende der Brücke erreicht. John-Johnny trank wieder aus der Flasche, Pape starrte zum Himmel und sagte:

„Und? Was ist geworden? Was ist dann geworden?"

„Weiß nicht", sagte John-Johnny.

„Nicht? Du weißt es nicht?"

„Nein", sagte John-Johnny, „ich stand an der Sakristeitür, als meine Mutter den Hund zu sehen kriegte, und ich rannte von dort weg zwischen die Apfelbäume und in den Wald, und meine Scheißmutter hat nichts erzählt, auch später nicht, nein."

„Hat nichts erzählt, die Scheißmutter?"

Nun trank auch Pape, der die Flasche erneut aus John-Johnnys Hemd hervorgeangelt hatte, einen kräftigen Schluck.

„Nein", sagte John-Johnny, „überhaupt nichts, verstehst du? Sie ist auch nicht mehr zum Pfarrer zum Arbeiten gegangen, sie hat mir kein Essen gekocht – an jenem Tag nicht und auch später nicht, nie mehr, sondern hat nur dagesessen und geheult und ein bitteres Gesicht gemacht und Gott angeklagt – an jenem Tag und am nächsten Tag und am übernächsten, weil das geschehen war, das mit dem toten Hund – bis heute, verstehst du, Pape, bis heute ..."

Sie verließen jetzt die Brücke. Pape hielt mit einem Ruck an, trank erneut, setzte dann die Flasche an John-Johnnys ein wenig zuckende Lippen und ließ ihn ebenfalls trinken.

„Und der Papst", sagte er, während John-Johnny trank, „soll der jetzt züchtigen? Die Mutter züchtigen?"

„Züchtigen?" John-Johnny verschluckte sich plötzlich und stieß spuckend mit beiden Händen die Flasche weg, dass sie seitlich davonpolterte. „Was heißt denn züchtigen? Zur Hölle soll sie! Muss denn nicht Gerechtigkeit sein? Ja, zur Hölle! Für alle Ewigkeit zur Hölle und geradewegs zum Spazifantus soll er sie jagen!"

Pape, seine Papstmütze von den vorderen Haarspießen gegen die hinteren rückend, starrte wieder zum Himmel.

„Nein, ich weiß doch nicht", sagte er, „der Benedetto, wenn der käme ... müsste der nicht segnen? Was? Nein, das mit dem Spazifantus, das täte er vielleicht nicht ..."

John-Johnny spuckte wieder, spuckte, die Schultern hebend, in weitem Bogen hinter der Flasche her, die im Gebüsch am Straßenrand lag.

„Und was denn sonst, he? Was denn sonst täte der Benedikt, und was sollte er Gerechteres antworten, wenn ich ihm anvertraute, wie viel ich geweint hab', geweint und geweint, und was mit mir los gewesen ist all' die Jahre?"

Pape kratzte sich am Kopf.

„Tja", sagte er. „Geweint? – Geweint und geweint? Und willst du denn jetzt zum Benedikt beten, dass er das ärmste Schwein in deinem Dorfe nochmals auf den Kopf haut?"

„Das ärmste Schwein? Wie?"

„Ja", sagte Pape, „du darfst raten, wer das ist."

KEINE GNADE FÜR KALLE

In den ersten Jahren nach dem Zweiten Weltkrieg, als wir etwa elf – zwölf Jahre alt sein mochten, waren Schielebumkus und ich unzertrennlich. Beide gehörten wir der Fußballbande vom Königstieg an, einer engen, langen, mehrmals gewundenen Straße im Westen unserer Stadt, wo wir wohnten. Schielebumkus sah gut aus, wie ich fand, und er war in allem, was er tat, wunderbar, wie ich ebenfalls fand. Er schielte zwar, er trug lange Hosen, damals äußerst ungewöhnlich für einen Jungen dieses Alters, dazu stets eine schwarze Weste, die, nur mit e i n e m Knopf geschlossen, an den Rändern so ausgefranst war, dass man höhnisch meinen konnte, die Fransen seien, etwa eine indianische Arbeit, eigens so hergestellt worden, um ihn zu „schmücken", aber zählte das etwa? Laut Gesetzlichkeiten, die wir alle tief in uns fühlten und die teils aus der „Regimezeit", wie wir das nannten, auf uns gekommen waren, zählten ganz andere Dinge: er war braungebrannt, er war muskulös, ein ausgezeichneter Fußballspieler, der phantastisch dribbeln und köppen konnte, er war gutherzig, unkompliziert und gerecht. Ich liebte ihn, weil er so war, wie er war, und wenn er im Sommer einen „Köpper" von der Brücke des nahen Umflutgrabens machte, so sprang ich buchstäblich hinter ihm her. Und er? Ich weiß nicht, ob er mich auch liebte. Vielleicht mochte er mich, weil ich seine Herrlichkeit anerkannte, weil ich sein Vasall war, immer bereit, immer getreu.

Wo wir uns trafen, das war fast immer die Mitte des Königstiegs, wo noch ein paar drei- und vierstöckige Häuser standen, die Fenster vernagelt mit Sperrholz und trüb milchfarbigem Plastikpapier. Sonst sah es hier genauso aus wie in den Straßen ringsum: ausgebrannte Ruinen ohne Dächer, Fassaden – innen ohne Stockwerke, Trümmerfelder, auf denen Schachtelhalm wuchs, als lägen kleine grüne Kämme herum, auch Goldrute, Löwenzahn und Phlox, den wir Maria Bettstroh nannten. Einsam sah die Straße meist aus, wie skurrile Masten ohne Segel ragten Ofenrohre aus Kellern und Waschhäusern zur Seite des Gehwegs auf, ein einziges dreirädriges grünes Auto, das dem Besitzer mehrerer Trümmerfelder gehörte, hielt Abend für Abend verlassen an einer Straßenwindung vor einem ebenso verlassenen Haus, dessen obere Hälfte verschwunden war.

Alle Jugendlichen, alle Kinder, die in diesen Häusern – in diesen Häuserresten – wohnten, kannte ich, und alle waren sie geschädigt, wirklich alle, es gab keine Ungeschädigten, aber kaum einer lebte in diesen Trümmern mit einem besonderen Bewusstsein von Schmerz. Die unbegreiflichen Erwachsenen – das sahen wir an den stillen Abenden mit Staunen und vorübergehendem Erschrecken – weinten oft und hatten starre kummervolle Gesichter, aber wir, die Jungen, nahmen es, wie es war, so wie wir auch die kindlichen und wunderlichen Gesetze harter Männlichkeit annahmen, die aus diesen Trümmern hervorgewachsen waren und die nun einmal galten, ohne dass man fragte, warum.

Eines Tages – es war ein angenehmer Juninachmittag – schlenderten Schielebumkus und ich den Königstieg hinab. Wir wollten zum „Bau“, einem für uns seit Menschengedenken so bezeichneten Platz, der schon seit Beginn des

Zweiten Weltkrieges als riesige Baustelle vorgesehen war, um dort zu „pötten", nämlich Fußball zu spielen, als uns einer der Jungen aus unserer Bande begegnete und uns Rätsel aufgab. Es war Kalle Wärmser, der seine ewige speck-ige Lederhose trug; er war so alt wie wir, ein Träumer, der viel auf den Trümmern herumschlich und Schmetterlinge, ja sogar Ameisen beobachtete, trotzdem aber im Fußballspiel schnelle eichhörnchenhafte Augen bekommen konnte und ein guter Torwart war. Es hieß, seine Mutter, deren einziges Kind er war und die mit ihm in einer zugigen Dachkammer hauste, prügele ihn täglich und sei ansonsten, wasserstoffblond und kurz berockt, wie wir sie wirklich häufig sahen, mit „Amis" wegen der täglichen Ration Lucky Strike unterwegs.

Kalle Wärmser stand, als wir schon fast am Ende des Königsstiegs etwa auf der Höhe des Hauses angelangt waren, wo abends das dreirädrige Auto hielt, in dem ebenfalls jenem Autobesitzer gehörenden Durchhaus, das zum „Bau" führte. Er hatte ein Stück Kreide in der Hand, richtige kostbare Schulkreide, die er gestohlen haben musste, und malte mit dieser Kreide an die dunkelgraue, glatte Wand des Durchhauses einen liegenden Mann. War das schon merkwürdig, so waren zwei weitere Umstände womöglich noch merkwürdiger. Der erste Umstand: Über dem liegenden Mann stand in einer wilden Handschrift mit vielen seltsamen Ausbuchtungen, aber doch noch leserlich, angeschrieben:

„Mein Vater ist tot."

Der zweite Umstand: Kalle war nicht allein, sondern

neben ihm, zunächst halb verdeckt, auf einen Ziegelsteinstapel hingekauert, saß ein Mädchen in einem langen, schmutzigen blauen Kleid, bebrillt, gebeugt, staksig und struwelhaarig. Die „Drahthexe" war es, wie sich herausstellte, ein Mädchen aus der Nachbarschaft, deren wirklichen Namen niemand kannte, eher berüchtigt als bekannt, weil sie so wenig „peepsch" war, ein „Schmachthaken" durch und durch, auch so schmutzig, gänzlich ohne Rangplatz unter uns allen.

Schielebumkus und ich traten ins Durchhaus und betrachteten voll Verwunderung, was sich uns darbot.

Kalle Wärmser zeichnete weiter an seinem liegenden Mann, die Drahthexe betrachtete ihn, ein wenig angstvoll – so schien es, von unten durch ihre Brille. Schielebumkus betrachtetet seinerseits die Drahthexe, trat endlich auf sie zu und sagte mit einer bezeichnenden Handbewegung:

„Mach ´ne Mücke!"

„Lass sie!" sagte Kalle.

Schielebumkus trat dicht an die Schrift an der Mauer heran, als wäre sie besser lesbar, wenn man näher stand, und sagte:

„Was soll das? Ist er wirklich tot?"

Kalle Wärmser nickte.

„Seit wann?"

„Seit heute."

Kalle Wärmser, der aufgehört hatte zu zeichnen, schlug bei dieser Antwort mit den bloßen Fäusten auf den gezeichneten liegenden Mann ein.

„Ich denke, du h a s t gar keinen Vater!“ sagte Schielebumkus.

Da stand plötzlich die Drahthexe dicht vor ihm, starrte ihn durch ihre Brille an und sagte heiser krächzend und sehr laut:

„Er war in Gefangenschaft, verstehst du das, du? Da ist er abgesoffen. Im Bergwerk abgesoffen, verstehst du das, du?“

„Mach ´ne Mücke!“ sagte Schielebumkus. Und gleich darauf zu Kalle: „Ist das wahr?“

Aber Kalle Wärmser antwortete darauf nicht und trommelte nur weiter mit seinen Fäusten, die wie zwei weiße Hämmer aussahen, gegen die Wand.

„Und warum schreibst du das an?“ fragte Schielebumkus.

Da stand die Drahthexe wieder dicht vor ihm, die Stirn fast an seinem Kinn, nahm die Brille ab, in Angst vielleicht, er könne sie schlagen, und sagte keuchend:

„Wenn´s keiner weiß, kann ihm keiner helfen, oder?“

„Mach ´ne Mücke!“ sagte Schielebumkus wieder, ohne sie anzusehen. „Du hast ja noch ´ne Mutter“, sagte er dann zu Kalle Wärmser. „Die kann dir bei Tag und Nacht ei-ei machen, he?“

Aber zum dritten Mal, wie eine Flamme, war die Drahthexe von ihrem Ziegelsteinhaufen hochgeschnellt und schrie ihm ins Gesicht:

„Die ist bei ihrem Ami! Schon mal was davon gehört, dass die Wärmsersche zum Ami rennt und im Bett Achiele macht?“

Trotz seiner Abgewandtheit musste Kalle Wärmser verfolgt haben, was geredet wurde. Er wandte sich plötzlich um, stand jetzt mit dem Rücken zur Wand, grau im Gesicht, als hätte er schon Bartwuchs, der einen Tag lang nicht rasiert war. Seine Brust sah aus, als ginge sein Atem gar nicht mehr, und während seine Augen unter den halb zugeschlagenen Lidern hin- und herflitzten, flüsterte er heiser:

„Geht weiter, hört ihr! Geht doch weiter – weiter – weiter, Mensch!"

Und dann, zwei Augenblicke später, geschah das Unglaubliche. Kalle Wärmser fing wirklich an zu weinen. Die Tränen liefen ihm die Wangen herunter wie bei einem kleinen Kind und tropften aufs Pflaster des Durchhauses, und während sie noch tropften und er immer noch aussah, als ginge kein Atem mehr durch ihn hindurch, sahen wir plötzlich, wie die Drahthexe bei ihm stand und – Bewegungen an seinem Kopf vollführte. Wir konnten es nicht fassen, aber es gab keinen Zweifel: Sie streichelte ihn. Sie streichelte seinen Kopf, wir konnten es deutlich sehen, sein leicht borstiges Haar wich unter ihrer Hand zurück und schnellte, wenn die Hand vorbeigeglitten war, wieder nach vorn. Dabei flüsterte sie ihm etwas zu, irgendeinen Singsang, der klang wie: „Nicht traurig sein, du musst nicht traurig sein..."

Ich zupfte bei diesem Anblick Schielebumkus am Ärmel, Schielebumkus nickte, und wir gingen weiter. Jenseits des Durchhauses, um den „Bau" herum, standen viele Besenpappeln, Birken und Büsche. Hier war es heller, es gab keine Trümmer, die Amseln zwitscherten, wir atmeten freier und gingen, da niemand da war, mit dem wir auch nur „ein kleines Aus" spielen konnten, ziellos an den Pappeln und Birken entlang.

„Kalle ist verrückt geworden“, sagte Schielebumkus schließlich, indem er mir mit dem Fuß Steinchen zuspielte.

„Ja, das ist er“, sagte ich, „er ist verrückt geworden.“

„Die Drahthexe ist auch verrückt geworden“, sagte Schielebumkus.

„Die? Die war ja schon immer verrückt“, sagte ich.

„Beide sind verrückt geworden“, sagte Schielebumkus.

„Ja, total verrückt. Beide sind total verrückt geworden“, sagte ich.

Schielebumkus blieb unter einer Pappel stehen, rollte die Augen und sagte:

„Kalle kann nicht mehr mit uns pötten! So´n Prijammel, den er macht! Hast du gesehen, wie er geheult hat?“

Ich nickte.

„Und hast du gesehen, wie die Drahthexe sich an ihn rangemacht hat?“

Ja, ich hatte es gesehen, hatte es mit Augen gesehen, auch das.

„Nein“, sagte Schielebumkus endgültig, indem er einen großen Stein hoch in die Pappel schnellte, „er kann nicht mehr mit uns pötten. Nie mehr.“

Ich sah ihn an, sehr lange. Ja, er hatte recht. Wie er da ging und stand in seinen langen Hosen und der zerfransten schwarzen Weste, verkörperte er das unerbittliche Gesetz des Königstiegs. Geschädigt sein – bis in die Knochen hinein und tiefer noch, wenn´s ging – das durfte man. Ehrenrührige Dinge tun – niemals.

KARRIERE IM RÜCKBLICK

In jenen Nachmittagsstunden, die mir jetzt unaufhörlich im Kopf herumgehen, hatte ich, da mich plötzlich eine gewisse Krankheit von der Arbeit abhielt, sehr viel Muße, und ich war in meinem Schloss am Fuße des Gebirges abgestiegen, um wirklich nichts anderes zu tun, als, rein zu meiner Entspannung, all das Geld zu bedenken, das ich in meinem Leben angesammelt hatte und das mir an diesem Tage auch ohne mein Zutun Glück bringen und Segen spenden würde.

Ich, der Schlossherr, wie ich mich an diesem Tag in meiner Liegenschaft vorfand, war damals ein Mann von knapp sechzig Jahren, in einem durchaus noch günstigen Greisenalter sozusagen. Schnurrbärtig, der Mode gemäß frisiert, nur ganz schwach angegraut an den Schläfen, so saß ich in meiner großen Feierhalle in einem mit Goldbrokat überzogenen Sessel aus kaiserlichen Zeiten, den ich vor kurzem erst von einem Antiquitätengeschäft aus Berlin hatte kommen lassen. Die handbreiten geschwungenen Armlehnen des Sessels endeten in blauäugigen grimmigen Löwenköpfen, und ich streichelte zärtlich und glücklich die Mähnen auf dem Schnitzwerk, die aus irgendeinem launigen Grunde heraus anscheinend aus natürlichem Haar gebildet waren, das sich blond von den kantigen Köpfen der Löwen herabringelte.

Angenehm war dieses Sitzen bei den Löwen, sehr angenehm dieses Streicheln, aber am angenehmsten schienen mir doch nach wie vor die Gedanken in mir, die sich weiter entwickelten. Nicht eine Million oder zwei, nicht eine solche doch auch schon ganz und gar erkleckliche Summe, die ich mir einst zu ergattern vorgenommen hatte, nein, mehr, viel mehr war es ja inzwischen, viele Millionen waren es, die ich besaß, vielleicht gar eine Milliarde? Ich wusste es nicht einmal präzis, denn das Geld, das mir gehörte, genau zu zählen, war eine Tätigkeit, zu der mich keine Verlegenheit der Welt je gezwungen hatte, und ein solches Tun wäre mir zudem krämerhaft erschienen, auch von vornherein voller böser Omina, so als wären etwa Gartenzwerge unversehens in die feierlichen Schaltstellen der Weltbank eingezogen. Nein, ich wusste – wusste wie eh und je: Geld durfte man nicht kleinlich abzählen wie die Sekunden bei einem Rennen, Geld musste man lieben und bebrüten – mit sexueller Inbrunst, und musste ihm dann, wenn es schlüpfte, lächelnd freien Abfluss gewähren, Gickeling für Gickeling, damit es sich animiert fühlte, um so reichlicher wieder zuzufließen.

Ich reckte mich unwillkürlich bei diesen Überlegungen, ein Kribbeln sprang mir auf die Haut der Arme und Beine und von da mitten ins Sonnengeflecht, kleine Flutwellen erzeugten weiter oben im gelockerten Hals und im zur Decke strebenden Kopf ein kindliches Glücksgefühl. Jawohl, genauso wie es sein sollte, dachte ich, war mein Leben bisher immer gewesen! Das Geld, das sich geliebt fühlte, war eben deshalb in heißer Gegenliebe unaufhaltsam zu mir geeilt, sorgfältig von meinem Geiste überwacht, abgeschätzt und in die richtigen Kanäle geleitet. Und so würde es bleiben, ja, so würde es immer bleiben.

Bei diesem letzten Gedanken indes, der doch das Natürlichste von der Welt zu sein schien, ergriff mich merkwürdigerweise eine gewisse Erregung, eine zappelige Unruhe in der Brust und sogar hinter dem Bauchnabel, die der eben noch gefühlten Lust durchaus abträglich zu werden drohte, und ich trat mit langen Schritten an eines der hohen, schmalen Fenster und sah hinaus. Draußen, bis an den blaugoldenen Horizont, wellte sich die Frühlingslandschaft, die ich vor nicht langer Zeit sehr günstig zur Abrundung meines Anwesens eingekauft hatte: silberne Teiche, mit wehendem Schilf und Erlen bestanden, leicht schaukelnde Weidengruppen, Besenpappeln, ruhende Wiesen, ruhender Wald. In den Teichen quakten die Frösche. Abends würden die Nachtigallen singen.

Ich nickte heftig. Ich nickte, eben weil ja, trotz meiner Erregung in der Brust, gar nichts Beunruhigendes vorgefallen war, nickte, um zu bestätigen: Ja – so, genau so war alles gut, und genau so würde es immer bleiben. – Die Frösche quakten auch wirklich beruhigend zu meinem Nicken, die goldgrünen Seidentapeten an den Wänden blickten ebenfalls beruhigend, und ich wollte, nachdem ich mich eine Weile in diese Beruhigungen versenkt hatte, die Nicke-Prozeduren fortsetzen, vielleicht um einige Grade energischer noch, da war mir plötzlich, als quakten die Frösche draußen über den Wassern viel aufdringlicher als noch Sekunden vorher, ja, unüberhörbar aufreizend, nämlich so, als äfften sie mich nach:

„Jaja, so ist´s gut! Jaja, so wird´s auch bleiben! Gewiss, jajaja, so wird´s immer bleiben!“

Ich lachte zuerst, besonders über das plärrende, sich in die Höhe schraubende Vibrato, das bei dem „Jaja“ zu hören war. Dann aber, mitten in meinem Lachen noch, steigerte sich das Ganze, steigerte sich wie ein Zwang, der von einer unbarmherzigen Maschine ausging, zu immer mehr Geplärr, immer mehr Vibrato:

„Gewiss, ja-a, gewiss, jajaja, es wird alles so bleiben, gewiss, denn du bist ein Herr, ein großer Herr, ein großer Herr bist du, jajaja."

Nun, das fing an, unerträglich zu werden. Entschlossen ging ich vom Fenster weg und hielt mir die Ohren zu, aber das Gelurch quakte fort, unerbittlich, und zwar jetzt innerhalb der zugehaltenen Ohren. Statt abzunehmen, verstärkte sich das Unbehagen in mir von Sekunde zu Sekunde mehr – selbst dann noch, als ich schon aus meiner Feierhalle floh, als ich, fernab von Teich- und Schilfgesang, bereits beim silbrig schimmernden Abendessen saß, und noch später, als ich, zur Nacht, in meinem großen weißen Himmelbett lag.

Ich konnte nicht schlafen in dieser Nacht. Die Frösche in meinen Ohren begannen zwar jetzt ein wenig leiser zu singen, aber ich fühlte mich zermürbt, ich war geschlagen, ja, ich fühlte mich geschlagen von einer grausamen Schwäche, denn diese Frösche, das hatte ich schon kurz nach meiner Flucht aus der Feierhalle begriffen, konnten nur Neurasthenie bedeuten, plötzlich ausgebrochene Neurasthenie, was sonst? Merkwürdig war allerdings, dass gerade ich diese Nervenschwäche haben sollte! Ich! Und merkwürdig war auch, dass diese Nervenschwäche in der Gestalt von Lurchgeschrei Hohn und Spott in Kübeln über mich ausgoss! War denn ich selbst am Ende nicht zufrieden mit mir? In den tiefsten Tiefen meines Herzens – dort, wo die Lurche in

Schlamm und Wurzelwerk hausten, nicht zufrieden mit meinem Leben? Nicht zufrieden mit all dem, was ich aufzuweisen hatte? Ich?

META KRUMFEY IM AUFWIND

Was gestern Aufregendes mit meinem Mann losgewesen ist, wollen Sie wissen, meine Beste? Nun, es gab Kanarienvögel! Jawohl, so wahr ich Meta Krumfey bin, und so wahr ich vierzig Jahre lang von meinem Mann betrogen worden bin: er, Alois, ist gestern mit Kanarienvögeln, mit vier Kanarienvögeln, nach Hause gekommen, und das, nachdem er schon seit Tagen ganz verändert gewesen war! Verändert wie ein Lamm, wissen Sie, und dann, um noch mehr Frieden in die Welt zu bringen: Kanarienvögel! Na, das war zuviel, das brachte alles, was er mir angetan hatte, wieder hoch und zum aufrechten Stehen in mir.

Was es genau war, das er mir angetan hatte, wie viele Mädchen und schlechte Frauen es gab, ja, dass es sogar nächtliche Orgien, ganz unverhüllte Orgien, dass es sogar Prostitution in seinem Leben gab, still davon! Um zu verstehen, wie alles gekommen ist, müssen wir in diesen Tümpeln nicht wühlen, sondern Sie müssen nur wissen, dass sich vorher – zwei oder drei Tage vor der Sache mit den Kanarien – plötzlich alles änderte. Bevor er mit den Vögeln erschien, stand er nämlich eines Abends vor mir – mit drei – ich sage wirklich: drei! – mit drei Blumensträußen in der Hand. Es waren weiße Nelken, rote Nelken und gelbe Nelken, die Nelken waren frisch mit Tau beperlt, Alois´ Krawatte hinter den Nelken war frisch gebunden wie seit Jahren nicht, sein hängefaltiges, verlebtes Gesicht mit der Warze auf der Stirn, das Sie ja kennen, war frisch rasiert wie ebenfalls seit Jahren nicht, und Alois sagte:

„Meta, ich muss mit dir reden."

Na, ich sagte zunächst gar nichts, und er fing also gleich an. So und so, sagte er, indem er ständig in die Hosentaschen fasste und die Rede gewissermaßen da hervorholte: so und so, und er stünde am heutigen Tage vor mir mit diesen Sträußen, weil ihm heute, wo seit so und so vielen grauen Jahren so und so viel Wasser durch die Flüsse geflossen sei, so manches leid tue, was er früher getan habe. Neulich, vor etwa einer Woche, als er von der Arbeit heimgekommen sei, habe er mich das erste Mal seit Jahren wieder genau angesehen. Über den Spülstein gebeugt, in dem ungewaschener Spinat gewesen sei, habe ich gestanden, und so ganz einsam, so verhärmt sei ich gewesen. Da sei ihm eingefallen, dass er doch eigentlich mit m i r verheiratet sei, nicht mit irgendwelchen anderen Frauen. Da sei ihm auch – tatsächlich, das hat er gesagt – da sei ihm auch eingefallen, dass er doch eigentlich m i c h liebe, nicht irgendwelche anderen Frauen. Dies habe er sich durch den Kopf gehen lassen, und er sei zu dem Schluss gekommen, wir sollten ein neues Leben miteinander anfangen, ein Leben, in dem ich öfters schöne Nelken, Vergissmeinnicht und Rosen oder – zur Winterzeit – Pralinen bekäme, ein solches Leben, wie wir beiden alten Leutchen es noch nie gehabt hätten. Ob mir das recht sei?

Als er mit dieser Frage geendet hatte, war ich sehr verdutzt, das können Sie sich ja denken, ich sah ihn nur an. Er aber, als ich ihn so anstarrte, hob feierlich die Blumen, dass alle ihre Köpfe zu mir hinnickten, und sagte:

„Sag ja, Meta! Sag doch ja! Es wird … nun, es wird dann sein wie eine zweite Hochzeit…"

Hm, das war nett gesagt. Als ich aber anfing, mich ernsthaft zu besinnen, kam ich in Verlegenheit. Wie, das war die Frage, sollte ich mich einstellen, wie mich entscheiden bei einem solchen Ansinnen, durch das – mir nichts, dir nichts – einfach all das Furchtbare ausgelöscht werden sollte, was gewesen war? – Ich stand da, rupfte an den Blumen, brachte die gelben mit den roten durcheinander, dann die roten und gelben mit den weißen, und wusste nicht, was tun.

Schließlich erklärte ich: jaja, ich sei mit allem einverstanden, denn ich wusste, je mehr ich nachdachte, immer weniger, wie ich etwa etwas anderes, etwa „Nein!" hätte sagen sollen, aber mir war nicht wohl, verstehen Sie? Unwillkürlich, als warnte mich etwas, fiel mir ein bestimmtes Schmerzgefühl ein, das er, Alois, mir oft verursacht hatte, wenn er mit diesen leichten Frauen und Mädchen fortgegangen war, leichten Schrittes, ein papierenes Gänseblümchen im Knopfloch, um Unzucht zu treiben. Ein kaltes, schon beinahe metallenes und doch zittriges Gefühl war das, und ich dachte, trotz der Blumen, die mir Alois, rot weiß und gelb, noch immer wie ein Bräutigam hinhielt, wie oft ich in meinen verlassenen Nächten an die Tapete gestarrt und mir gewünscht hatte, an diesem Gefühl zu sterben.

Ein paar Tage später brachte er dann, wie gesagt, die Kanarienvögel ins Haus. Sie kennen ja meine Wohnung, und Sie kennen besonders das Wohnzimmer mit den zwei Vitrinen und der bis zur Decke reichenden Zimmerlinde, die so große Blätter hat, dass alle Leute, die zu Besuch kommen, jedes Mal staunen. In diesem Zimmer nun, vor dieser Linde stand mein Mann, der eben nach Hause gekommen war, plötzlich mit den Vögeln. Er hatte mich laut gerufen – ich war gerade in die Küche gegangen, um dort das Fleisch für den nächsten Tag zu säuern und zu würzen -, und als ich ins Zimmer trat, ein wenig ungehalten, die Gewürzschachtel noch in der Hand, stand er zwischen Zimmerlinde und Vitrinen, hielt mit jeder Hand an einem Tragegriff ein riesiges, innen flattrig lebendiges Vogelbauer und sah mich mit seinen in letzter Zeit trübgrau und verlebt aussehenden Augen demütig von unten herauf an.

Ich war zuerst wiederum nur verblüfft, sehr tief verblüfft allerdings, denn gerade dass er Kanarienvögel, von denen er schon öfter in den vierzig Jahren unserer Ehe ein wenig kindisch und schwärmerisch geredet hatte, wirklich jemals ins Haus tragen würde, hatte ich nie geglaubt.

„Hm, das ist ja überraschend", sagte ich, „das ist so überraschend, dass ich sogar fragen muss: Hast du den Verstand verloren?"

Alois hatte natürlich aber nicht den Verstand verloren, sondern verfolgte seine ganz bestimmten Ziele. Den demütigen Blick fest auf mich gerichtet, antwortete er:

„Oh, das ist schön, das ... freut mich, dass es eine Überraschung für dich ist. Ich dachte nämlich, wir könnten sie züchten, Meta! Pflegen und züchten, weißt du!"

„Züchten?" sagte ich.

„Ja", sagte er, „wir beide, verstehst du? Wir könnten diese Kanarien mit Spezialfutter zur Zucht reif machen, und dann ... dann könnten wir sehen, wie sie die Eier bebrüten und wie die Jungtiere schlüpfen: da hätten wir doch etwas Schönes zu tun, wir beide ...ja?"

Wir beide? Oho, das war es also, was er meinte! Er bat mich, soviel entnahm ich vor allen Dingen seinen Worten, er bat mich wiederum, und zwar mit dem Ziel, seine Versöhnungsaktion weiter voranzutreiben. Ich war aber diesmal skeptisch, ich war vor allen Dingen davor gewarnt, mich wiederum überfahren zu lassen, und so antwortete ich zunächst gar nicht auf Alois´ Frage, sondern machte nur ein paar allgemeine, ihn abwehrende, nicht sehr freundliche Bemerkungen.

Alois senkte darauf ruckartig den Kopf. Er war betroffen von meinem Ton, sein trüber Blick wurde noch einen Schein trüber und demütiger, und er hielt die Bauer ein wenig höher, hielt sie bittend mir entgegen, so dass die Tiere grässlich flatterten, Federn verloren und mit ihren krummen Spinnenzehen den feinkörnigen Kanariensand wie Fontänen durch die Gitterstäbe auf den frisch abgesaugten Teppich spritzten, und sagte:

„Bitte, Meta … du wirst doch nicht nein sagen? Du wirst doch jetzt nicht nein sagen, wo ich doch diese Vögelchen uns beiden … schenken will?“

Bei diesen Worten, besonders bei dem Wort „Vögelchen“ verschwamm sein trüber Blick förmlich. Er nahm Ähnlichkeit mit ineinanderlaufendem, ineinander verschwim-mendem Gekritzel an, und ich begriff plötzlich, dass er in diesem Augenblick – vielleicht das erste Mal, seit ich ihn kannte – wirklich ganz und gar wehrlos vor mir stand, er, der mich vierzig Jahre lang Tag und Nacht gedemütigt, der mich vierzig Jahre lang jede Minute wehrlos gemacht hatte, verstehen Sie? Dieses Begreifen fing fast an, mich zu berauschen. Es nahm mich mit sich, ergriff mich wie ein Strom, ein großer, weit offener, wohltuender kalter Strom, und als müsse ich weiter, immer weiter auf diesem Strom hinausschwimmen, kamen immer mehr kalte, unfreundliche Gedanken über mich, und ich antwortete:

„Ach, ach, - ob ich nein sage, mein Lieber, oder ob ich ja sage, oh, das wirst du hören. Zunächst wollen wir aber feststellen, dass du keineswegs ohne weiteres darüber verfügen wirst, ob in dieser Wohnung überhaupt Kanarienvögel gehalten werden sollen. Was nämlich hier drin geschieht, hier in der Wohnung – im Gegensatz zu draußen, wo du dich immer äußerst frei herumgesielt hast, - das habe immer ich bestimmt, und das bestimme ich weiter. Ich ganz allein."

Als ich das gesagt hatte, ließ Alois, ratlos und mutlos geworden, die Vogelbauer sinken, tiefer, zentimeterweise immer tiefer, und nickte mir zu, - lange, wie ein uralter Mann mit wackligem Kopf. Dann sagte er:

„Ich gebe dir recht, ich gebe dir ja recht, Meta. Was hier drinnen geschieht, das bestimmst du, so soll es sein. Du bestimmst, was hier drinnen geschieht. Aber… hm… was draußen geschehen ist, früher, das hast du mir doch vergeben, nicht wahr? Das hast du mir doch vergeben, jetzt, wo wir… zwei alte Leutchen sind…?"

Vergeben! Zwei alte Leutchen! Ach, wie er das sagte! Wie er das mir sagte, die ich endlich freier und jünger, jawohl: auch jünger – vor ihm stehen und freier und jünger vor ihm atmen konnte! Es war, als wollte er mich zwingen, ihm ausdrücklich jetzt und hier zu vergeben, jetzt und hier, da ich den wohltuenden, kalten, von ihm wegführenden Strom unter mir spürte. Das erbitterte mich, und da ich nicht gut sagen konnte, dass ihm, der da so reuig vor mir stand, nicht vergeben sein sollte, verfiel ich, um meiner wachsenden Erbitterung Luft zu machen, auf etwas anderes und antwortete plötzlich scharf:

„Vergeben oder nicht, eins wollen wir festhalten: diese Vögel würden jedenfalls Dreck in meine Wohnung bringen!"

„Wie?" sagte er.

„Ja!" rief ich. „Vogeldreck! Diese Vögel würden mir meinen Teppich mit Vogeldreck verhunzen! Diese Vögel würden mir außerdem Vogelkrätze ins Haus tragen! Diese Vögel würden Läuse in meine Zimmerlinde setzen!... Und darum..."

Ich holte tief Luft. Mitten im Reden, das sich in meinem Munde wie von selbst gesteigert hatte, war mir ein Gedanke gekommen, der mir ein kaltes, schon fischiges, ein geradezu prickelnd fischiges Gefühl aus dem Strom unter mir in die Kehle und von dort bis in die Beine trieb:

„... Und darum... kommen sie heraus! Verstehst du? Heraus aus der Wohnung! Und das... ja, das: sofort!"

Alois starrte. Starrte mich an.

„Wer?" sagte er.

„Die Vögel!" sagte ich, fast lachend, nun ganz voll von meinem fischigen Gefühl – mitten auf dem Strom. „Wer sonst als die Vögel?"

Er starrte noch heftiger, prallte mit seinen Augen auf mich und begann zu zittern. Ich sah, wie seine gebogenen Finger, die wie Haken die Tragegriffe der Vogelbauer hielten, leise hin- und herschlugen und die Vogelbauer vibrieren ließen.„Nein!" sagte er. „Nein, Metalein!"

Als ich darauf schwieg, schob er – in einer hilflosen Geste des Unglaubens – den Kopf vor und zitterte stärker. Ich konnte sehen, wie das Zittern, das von den Knien wie von einer Zentrale herkam, sich wie in kleinen Wellenstößen über den ganzen schlaff in dem Anzug hängenden Körper verteilte. Nach einer Weile setzte er die Bauer neben der Linde ab und sagte:

„Aber... aber das geht doch jetzt gar nicht mehr... Ich habe den Vögelchen doch schon Namen gegeben, ich... weißt du..."

„Wie? Namen?" sagte ich.

Er nickte, stammelte weiter:

„Allerlei Namen, weißt du... ja, allerlei schöne Namen, weißt du..."

Das dauerte eine Weile so fort. Obwohl ich ihm aber glaubte, brachte sein Gestammel ganz und gar nicht die Wirkung hervor, die man unter normalen Umständen erwarten kann, sondern es rief mir nur die vorige Erbitterung kräftiger zurück. Um sie loszuwerden, schnitt ich zuletzt, einem neuen Einfall nachgebend, eine Grimasse und schrie:

„Nein, was du sagst! Da hast du das Drecksgesindel wohl `Milbenträger` genannt! Wie? Oder `Hänschen Dreck`? Ja, `Hänschen im Drecknapf` hast du sie genannt – hast Namen gegeben, Namen, um mich zu beleidigen, - he?"

Ich weiß nun nicht, vielleicht weil er sich hierdurch noch sinnloser angeklagt und daher tiefer verletzt fühlte, vielleicht auch weil ihn einfach die Auseinandersetzung bis dahin schon allzu kräftig zermürbt hatte, diese neuen Anschuldigungen hatten jedenfalls eine Wirkung, die mit nichts von dem Vorhergegangenen zu vergleichen war. Als ich ausgeredet hatte, stöhnte Alois laut auf, trat vor, fasste mich an den Schultern, rüttelte an meinen Schultern, als habe er einen Baum mit reifen Äpfeln vor sich. Gleichzeitig lief sein Gesicht rot an, wurde geradezu ein roter Kloben, Augen und Zähne traten ihm vor, und er stampfte mit dem Fuß auf, zuerst mit einem Fuß, dann mit beiden Füßen gleichzeitig, dass es aussah, als mache er einen Luftsprung. Dabei schrie er heiser:

„Meta! Meta! Meta!“

Ich lachte plötzlich. Tatsächlich, ich lachte, da er so prompt und ohne zu zögern, dazu so jämmerlich, so impotent springend, in das Netz ging, das nicht einmal ausdrücklich für ihn ausgelegt war. Ich lachte und sagte:

„Was ist, he? Du rufst so laut!“

„Meta“, keuchte er, „warum sagst du das, `Hänschen Dreck im Drecknapf´? Warum sagst du, dass ich dich beleidigen will? Warum? Bitte: warum bist du so gemein zu mir?“

Ich lachte immer noch.

„Oh“, antwortete ich, „gemein? Nein, ich bin gemein? Sag mir doch: wie gemein denn? Sag´s doch! Erzähl´s deinem Frauchen, he?“

Da sagte er nichts mehr und starrte wieder. Starrte und starrte auf mich, als sei ich kein Mensch. Dann, da ich dennoch ungerührt blieb, da ich es fertigbrachte, ungerührt zu bleiben, weinte er. Stellen Sie sich vor: er stand da – mit vorgequollenen Augen in seinem hängefaltigen, abgelebten Gesicht, stand zwischen der Zimmerlinde und den Vitrinen, weinte mir etwas vor und ließ dabei dicke, widerlich dicke, tatsächlich warzenartig dicke Tränen in die Vogelbauer fallen.

Ich schwieg dazu, schwieg und schwieg, aber mir war noch stärker als vorher zum Lachen zumute, können Sie das verstehen? Zum Lachen, wie mir noch nie zum Lachen gewesen war, all die vierzig Jahre nicht, die ich mit ihm gelebt hatte! Um dieses Lachen, das jetzt mehr in mir war als außen, noch zu verstärken, drückte ich ihm endlich die beiden Vogelbauer wieder in die Hand und gab ihm, als ihm noch diese widerwärtigen Tränen aus dem Gesicht fielen, einen Schubs in Richtung der Tür

Alois taumelte; unter tiefen Atemzügen öffnete er die Tür, sah, die wässrigen Augen fast auf den Fußboden geheftet, zu meinen Füßen zurück. Es schien, als wolle er noch einmal, zum letzten Mal, etwas sagen, etwas Bedeutendes oder zumindest tief Tragisches, aber dann sagte er nichts, sondern ging wortlos weiter, ohne sich noch einmal umzudrehen, taumelnd, so als wirke der Stoß, den ich ihm gegeben hatte, noch immer in ihm fort.

Ich sah ihm nach. Alles an ihm, sogar seine Schultern, zitterte, als er über den engen Treppenflur, dann, während einer der Vogelkäfige rhythmisch klirrend ans Geländer stieß, die enge Treppe in dem engen, knarrenden Treppenhaus hinabging. So: auf – ab, auf – ab, wie eine Waage, die aus dem Gleichgewicht geraten und nicht mehr zu beruhigen ist, so zitterte, so schwankte der Mann, und so zitterten vor allem seine Schultern, wissen Sie. Ich aber, ich lachte wie noch nie, als ich das sah, ich lachte, als ich diesen Abgang, diesen höchst jämmerlichen Abgang sah – leise und laut, ich lachte leise in mich hinein, und es lachte laut aus mir heraus, und es war herrlich befreiend, so zu lachen, das herrlichste, befreiendste Strom-Gefühl, ihn so weggehen zu sehen: geschlagen, ganz und gar und für immer geschlagen. Können Sie mir das nachfühlen, meine Liebe?

DER NACHTWÄCHTER VON NEU - ISENBURG

Dass er so gar niemanden hatte – außer seiner Tante Hedda, das schien ihm oft seltsam. Aber es war so – auch an diesem Sonntagmorgen, dessen Himmel so besonders hell leuchtete. Er war früh aufgestanden, schon um fünf Uhr, noch ehe die Kuckucke an zu schreien fingen, hatte seine Haare mit gelbem Gel gewaschen und Frühstück gemacht, dann die Katzen und die sechs Pekinesen gefüttert, und kurz darauf, als er schon im Schuppen war, hatte die Tante ihn von seiner Hellebarde, die er früh genug für den Abend an den Fliederbusch bei der Haustür zu stellen gedachte, weggerufen, „Natti, komm, Natti komm!“, und er war hingerannt zu ihr, um nicht zu spät zu sein für den Sonntagsmarsch, der gleich darauf begann: die sechs Pekinesen vorneweg, hoch erhobene Schwänze, die Reihe platter, dunkler Gesichter wie Blattwerk der Sonne zugekehrt, hin- und herschwankend auf den kleinen Gehgestellen, hinterdrein Tante Hedda im grauen Kostüm, den grauen Männerhut über herabgekämmtem weißem Haar, den engen Rock, der bei jedem Schritt protestierend knatterte, um die dünnen Beine gespannt, und zuletzt er, fast zwei Meter hoch, Nathaniel Gruber.

Dass er ein Gruber war, ein echter, das war ebenfalls seltsam. Es gab da unter den Grubers einige Ärzte in New York, Chirurgen, entschlossene Haudegen, es gab einen Onkel, der in Lüneburg oder Lübeck wohnte, einen sehr autoritären Kunstprofessor, es gab Tante Hedda, die entschlossen das

Haus in Neu-Isenburg gebaut und die starke Pekinesenzucht hineingesetzt hatte, es gab Amalia Gruber, seine Mutter, die Animier- und Bardame gewesen war, entschlossen, um keinen Preis anständig und langweilig und fad zu werden, aber keiner von allen hatte je am Sinn des Lebens gezweifelt, keiner hatte je etwa nicht gewusst, was er wollte. Nur er allein, Nathaniel Gruber, er wusste nichts – warum nur?

Lag es daran, dass die Leute, schon als er vier war, angefangen hatten, ihn seltsam anzugrinsen, wenn er sprach? Dass er schon mit sechs gehört hatte, wie Tante Roberta, seine riesige und massive Großtante, hinter seinem Rücken raunte: „Ach, im Suff, im Suff, im Suff! Diese Mutter!"? Er wusste es nicht, wieder einmal. Aber mit zehn Jahren, das wusste er, kurz nachdem sie ihm die Hellebarde geschenkt hatte, hatte er diese zärtliche Mutter verloren. Die Hellebarde, weil er so gern ein Ritter und Landsknecht sein wollte, steckte zu seinem zehnten Geburtstag im Sandkasten, die mit Silberpapier ummantelte Spitze blinkend in der Sonne, mit einem roten Fähnchen daran, flatternd im Sommerwind, seine Mutter, einige Monate später, im November, lag im Straßengraben, den Kopf in den Schlamm gerammt, mit blutiger Unterwäsche, über die das kalte Wasser rann.

Nathaniel erinnerte sich, wie er von drei starken Onkeln aus Amerika in die Leichenhalle von Neu-Isenburg transportiert worden war, wo er die tote Frau identifizieren half – stumm nickend, Fragen über Fragen im Kopf, zahlreich wie Ameisen, schmerzend und unklar, aber niemals, soviel Zeit auch danach verging, niemals war eine Antwort gekommen auf die eine Frage, was eigentlich genau in jenem Straßengraben geschehen war, warum, von wem? Da hatte Nathaniel weitergelebt mit seinem stillen Schmerz, nachdem er zu Tante Hedda übersiedelt war, hatte leise weiter vor sich hingelebt nach seiner Art, Monat für Monat, Jahr für Jahr, aber war denn überhaupt noch etwas geschehen seit dem Unglück? Nichts – außer dass er, was er jederzeit noch deutlich vor sich sehen konnte, eines Nachts, als Tante Hedda wieder einmal überlaut und endlos schnarchte, mit der erhobenen Hellebarde auf sie losgegangen war, um sie zur Ruhe zu bringen. Im letzten Augenblick war aber die Spitze der Waffe vor ihrem Ziel zurückgefahren, aus Mitleid wohl – sowohl mit der Tante als auch mit der Hellebarde selbst, die aus solider Pappe war, so dass Nathaniel nach draußen ins Mondlicht auswich, das blinkende Ding unter einem dunklen Umhang verborgen, was sich späterhin wiederholte, Abend für Abend, bis alle Nachbarn es wussten, bis er, Nathaniel Gruber, in der halben Oberstadt bekannt war als Nachtwächter von Neu-Isenburg. Sonst nichts, nein, sonst war nichts mehr geschehen – bis auf diesen Tag.

Da aber, an diesem Sonntag im April, als er mit der Tante und den Pekinesen durch die Stadt zog, schien von Anfang an etwas Besonderes in der Luft zu liegen. Als sie noch in der Oberstadt waren, gleich nach dem Verlassen des Hauses, hatte es einen Regenguss gegeben, ein Platzregen, ganz plötzlich, fast noch bei Sonnenschein, ging nieder, und die Tante, deren Mundwerk sonst niemals ruhte, wurde still. Einigermaßen durchfeuchtet kam sie in der Unterstadt an, übellaunig, außerdem mit frischem Zahnweh, und Nathaniel war merkwürdig froh, dass sie sich von ihm absetzte, für sich allein ging und nichts sagte. War es dieser Regenguss, der ihn so ungewöhnlich empfinden ließ? Waren es die Kuschelwolken am Himmel, die Regenbögen in der besonderen Stille? Er war belebter und munterer denn je, und als sie von der Unterstadt her die im Süden gelegenen Wiesen betraten, die den mäandernden Fluss einrahmten, links und rechts in glitzerndem Grün blühender Löwenzahn, Sternmieren und Gänsekresse, blieb er sogar absichtlich deutlich hinter der Tante auf dem Weg zurück. Prickelnd und erwartungsvoll fühlte er die Feuchtigkeit auf seiner Haut – genau so, wie es auch die wedelnden Hunde fühlen mussten, die an den Leinen zerrten und schnobernd in die hohen Sternmieren ausschwärmten. Er atmete tiefer, schloss die Augen und öffnete sie wieder, abwechselnd in den Fluss blickend, in dem die Fische sprangen, und die Augen gen Himmel hebend zu den weißen Wolken, durch die die Sonne mit unendlich vielen noch weißeren beweglichen Sternen hindurchbrach.

Als er den Blick wieder auf den Boden senkte, unwillkürlich erwartungsvoller noch als vorher, war er unversehens an eine Wegkreuzung gekommen. Einige Meter vor ihm wölbte sich eine hölzerne Brücke mit einem hohen eiligen Schwung über den Fluss, und vor dem Schwung der Brücke, sich gewissermaßen in seine Augen drängend, bewegte sich und schaukelte etwas: ein kurzer, gebauschter, weißer Mädchenrock über zwei hübschen Kniekehlen. Der Rock schwang hin und her wie eine Glocke, und darüber, im gleichen Takt, schaukelte sich aschblondes, wallendes Mädchenhaar. Nathaniel, so dicht wie eben möglich, folgte dieser Erscheinung über die Brücke, wobei er irritiert an seiner kleinen randlosen

Brille rückte, setzte sich dann mit einem Ruck auf einen Feldstein ins Gras und wischte sich den ausbrechenden Schweiß von der Stirn. Er hatte das heiße Gesicht eben ins feuchte kühle Gras gebettet, „Tja, tja, tja", murmelte er und: „oh – wow, du mein Gott!", da fühlte er sich am Hinterkopf und an den Ohren von den weichen Lefzen der Pekinesen berührt, richtete sich auf und blickte plötzlich wieder in Tante Heddas strenges, trockenes, am Kinn zugespitztes Gesicht mit den herabgezogenen Mundwinkeln. Die Tante rüttelte ihn an den Schultern, und Nathaniel zeigte auf den sonnenüberfluteten Weg und die Brücke vor sich und rief:

„Kuck nur, kuck! Hast du sie gesehen?"

„Nein", sagte die Tante, „mir sind die Augen verklebt."

„Aber kuck doch nur! Sie hat zwei Meter lange Beine!" sagte Nathaniel. „Das musst du ja gesehen haben!"

„Nein", sagte die Tante, „du bist eben undicht im Kopf, das ist es! Aber was sage ich immer wieder! Ich setz dich an die Luft, ein für alle Mal, wenn du dich nicht an die Regeln hältst! Halte dich an die Regeln!"

„Oomph, ich werde sie heiraten!" sagte Nathaniel, der sich mit einem Ruck aus dem Gras erhoben hatte, „ich werde die Kleine vom Fleck weg heiraten!"

„Was?"

„Ja, denn sie ist richtig für mich!" sagte Nathaniel. „Kuck, sie ist so, wie man sein soll, wenn man ein Mädchen ist. Sie ist genau richtig für mich."

Die Tante, die sich inzwischen ebenfalls wieder voll aufgerichtet hatte, überblickte zwinkernd ihre Hundeschar und schnalzte mit der Zunge:

„Heiraten! Du wirst unten beim Bürgermeister ein paar Äpfel aus dem Schuppen holen, die er mir noch schuldet, und sonst gar nichts. Die Äpfel werd´ ich schmoren in der Schmorpfanne, dann haben wir Schmoräpfel zum Reis, und sonst gar nichts. Heiraten! Dich heiratet nicht einmal der Teufel, merk dir das! Und stell ja nichts an, wenn du die Äpfel holst, hörst du, stell mir nichts an, sonst wirst du Luft schmecken, frische Luft für den Rest deines Lebens!"

Damit winkte sie ihm und schickte sich an, entschlossen den Weg zurück über die Brücke zu nehmen. Nathaniel folgte ihr zunächst langsam ein paar Meter, blieb aber dann zurück, so dass er, als die Schritte der Tante schon über das hohl widerhallende Holz der Brücke hinweg waren, noch immer auf dem Weg stand. Er duckte sich jetzt hinter den Katzenbuckel der Brückenwölbung, so dass man ihn von jenseits der Wölbung nicht mehr sehen konnte, und blickte hinter sich auf den Auenweg. Fern, sehr fern und puppenklein war noch das Mädchen mit dem schwingenden weißen Rock zu sehen, schon fast dort, wo hinter Pappelreihen und Büschen wieder die Stadt begann.

„Oomph", sagte Nathaniel wieder, „oomph, oomph, oh du mein Gott, sie ist noch da!"

Mittlerweile gekräftigt, setzte er sich darauf sofort in Bewegung, und wirklich, am Rand der Unterstadt, gegenüber der Bürgermeisterei, nachdem das Mädchen ihr hübsches Gesicht mehrfach kurz nach ihm umgewandt hatte, holte er sie ein. Hier gab es eine Eisenhandlung mit einem riesigen blinkenden Schaufenster voller Kneifzangen, Flachzangen, Rohrzangen, Hand- und Motorsägen, und genau vor diesem

Schaufenster war das Mädchen stehen geblieben, ihm wieder den Rücken zuwendend, und Nathaniel stellte sich neben sie, hustete deutlich und starrte ebenfalls auf die Eisenwaren. Plötzlich, da das Mädchen durchaus nichts tat als das wallende Haar schütteln und glatt streichen, kam ihm ein Einfall, er brachte seinen Mund dicht an ihr linkes Ohr und flüsterte zischelnd hinein: „Warte! – Warte ein paar Sekunden!", worauf er quer über die Straße von ihr fortrannte.

Das Mädchen seufzte ein wenig. Kaum hatte sie ihn aber gegenüber in dem roten backsteinernen Tor der Bürgermeisterei verschwinden sehen, als er dort bereits wieder auftauchte, leicht die Arme schwenkend, einen prallen Apfel in der Hand, den er, als er wieder bei ihr stand, dicht vor ihren Augen aus den fünf Fingerspitzen sich hervorrappeln ließ.

„Beiß"! sagte er. „Beiß rein!"

Das Mädchen nahm den Apfel in die Hand, führte ihn zu ihrer winzigen Nase und roch daran.

„Na!" sagte sie. Na, ein Apfel."

„Ich bin hier der Nachtwächter", sagte Nathaniel.

„Ach ja?" sagte das Mädchen.

„Ja", sagte Nathaniel, „es ist ein romantischer Job. Der Nachtwächter darf übrigens in der Nacht zu jedem kommen, weißt du das?"

„So?" sagte das Mädchen. „Zu jedem und auch zu jeder?"

„Ja", sagte Nathaniel und nickte ernsthaft. „So steht es in den alten Nachtwächter-Büchern. Sage mir nur gleich, wo du wohnst, und heute Abend, wenn ich meine Runde anfange, wirklich, da könnte ich zu dir kommen, das wäre so um zehn Uhr. Oder kommst du stattdessen vielleicht lieber zu mir heraus?“

„Herauskommen? Zu dir?“ Das Mädchen kicherte. „Oh! ... Möglicherweise mache ich noch eine Besorgung ... und ...“

„Wirklich?“

Nathaniel, lächelnd, sah das Mädchen mit merkwürdig großen Augen an. Nach einem kurzen Schweigen sagte er:

„Meine Tante schmeißt mich übrigens raus, wenn wir uns treffen, schmeißt mich raus wie einen Lumpen, weißt du das auch? Raus aus ihrem Haus, eh? Soll sie aber! Soll sie ...“

„Ach, so streng ist sie? So streng ist die Tante?“ sagte das Mädchen.

„Doch“, sagte Nathaniel. „Doch, das ist sie. Und sie erfährt alles. Soll sie aber! Soll sie machen, was sie will, denn ich werd ihr sowieso entkommen.“

„Du wirst ihr entkommen?“

„Ja“, sagte Nathaniel, „denn wir werden ja davonfliegen. Heute Abend noch. Mit dir werd ich davonfliegen, nimm Gift drauf!“

DER ALLERGEILSTE OPA

Kein Wenn und Aber, die Zustände in unserer Familie waren vor zehn Jahren nicht besser, aber turbulenter. Wir sind drei, meine Tochter Henny, mein Enkel Luzius und ich, der Großvater. Vor zehn Jahren waren wir natürlich auch nur drei, wenn wir auch Probleme hatten, die für eine weit größere Anzahl Familienmitglieder ausgereicht hätten, und obwohl andererseits sogar zeitweise der Eindruck vorherrschte, es gäbe eigentlich nicht einmal die drei, sondern nur einen, den Opa nämlich, der mit sehenden Augen ins tiefe weite Wasser des Ozeans hineinverwunschen war und sich verzweifelt Schwimmhäute wünschte.

In gewisser Hinsicht strotzten wir alle damals dennoch vor Kraft, besonders aber, seltsam genug, ich selbst, was mich tatsächlich weit mehr in Erstaunen setzte als Tochter und Enkel. 63 Jahre erst war ich alt, ein junger Ruheständler gewissermaßen, der alle zwei Tage eine stets sich verlängernde Strecke an Kilometern joggte, morgens in seiner Schlafstube hantelte und in insgesamt drei Gärten sich umtrieb: dem Schrebergarten an der Kriemhildenstraße, meinem eigenen Hausgarten und Hennys Garten am Walkürenring, Gärten, so erinnere ich mich, in denen ich in jenem Jahr mit Leidenschaft die Maulwürfe verfolgte, in deren freigelegte Löcher ich mit einer Gaspistole hineinfeuerte, weil sie anders nicht zu vertreiben waren.

Ganz ähnlich, was die Aktivitäten, wenn auch nicht deren brave Absicht betrifft, stand es um Henny und Luzius. Henny arbeitete von morgens bis abends in einem großen Fitnessstudio, aber war sie, deren dorniger Rosengarten besonders hartnäckige und alte Maulwürfe beherbergte, nun dankbar und pflichteifrig genug, um mich für meine Schießereien anzuerkennen? Nichts, nichts, nein, viel zu abgewandt war sie, viel zu umflort der Blick, und statt Pflichteifer waren durchaus andere Dinge an ihr zu bemerken. Ganz kurze Röcklein trug sie, die vor dem geistigen Auge ständig noch höher rutschten, auf Trampolinen sprang sie gnadenlos und affenhaft herum, und täglich leitete sie Aerobic-Kurse, sich zur Musik drehend und wendend wie eine Schlange, bis das Beifallgeklatsch schwitzender Hände aufbrach und kein Ende nehmen wollte. Wenn sie hinterm Tresen stand und im Halbdunkel gut gebauten Männern Drinks verkaufte, die schon vor den Übungen die Kraft ankurbelten und nach den Übungen die Muskeln zu Paketen packten, dann waren ihre Augen so schwarz, so groß, so sehnsüchtig, so zwanzigjährig! Da standen drei oder vier Kerle in vollem Saft, die Gläser mit gelber Flüssigkeit in den Händen, um den Tresen herum. War vielleicht der Richtige dabei? Der, mit dem sie kuscheln konnte bei Tag und bei Nacht, und dies – zu viel konnte das doch nicht erhofft sein – bis in alle Ewigkeit?

Ja, so war sie, vierzig Jahre alt aber, nicht zwanzig, und alles andere außer ihrer Studio-Besessenheit vernachlässigte sie.

Und Luzius?

Luzius Timotheus Lüders, damals plötzlich gummigliedrig geworden, Spott auf den Kräusellippen, tausend Fragen in den großen blauflammig flackernden Augen, Luzius Timotheus verkraftete die Zustände bei seiner Mutter am Walkürenring schlecht, das war die Sache.

War ich zu freundlich zu ihm? Fehlte ihm das Laufgitter, weil er bis dahin kindlich naiv und demütig alles hingenommen hatte, und fiel er ins Wasser, weil nun kein Warnzeichen da war? Eben vor allem, weil es da einen überaus milden stockwedelnden Opa gab, der wohl ins volle Nachttöpfchen grinsen konnte, als der Junge klein war, aber nun, da er älter wurde, so schlecht dazulernen wollte?

Ach, ich gab mir damals solche Mühe! Ich besuchte sie beide, Tochter und Enkel, auf dem Walkürenring hinter ihrem mit tausend rosa Rosen bewachsenen Garten, und ich gab ihnen reichlich, was ein an sich schon alter Vater und natürlich noch älterer Großvater im Vorrat hat, Geld aus dem Portemonnaie und Ratschläge aus dem Herzen, aber da standen sie, großäugig und süchtig nach Glück die eine, mit schlaksigen Gliedern und flackernden Augen, die nicht wussten, wo zugreifen, nicht wussten, wo verweilen, wo lieben, wo hassen, der andere – und ich, der sie doch voller Liebe anblickte, war viel zu dicht bei ihnen, um irgendetwas zu wissen, und zu fern, viel zu fern, um irgendetwas zu beurteilen.

Fünfzehn Jahre immerhin, fünfzehn lange Jahre waren ja seit Luzius´ Geburt vergangen, ohne dass die geringste wirkliche Katastrophe auch nur in Sicht gekommen wäre. Ich hatte ihn von klein auf Lucky genannt, auch Luxy und Luxy-Lux, Henny hatte ihm zuckrige fettige Prilleken, die er so gerne aß, ins Mäulchen gestopft, und er hatte uns wirklich den Gefallen getan, stramm und großartig heranzuwachsen. In jenem Sommer erst, als ich nach den Maulwürfen schoss, veränderte er plötzlich gründlich sein Gesicht. Ich weiß

noch, ich war gerade drei oder vier Tage pensioniert und reparierte auf der Terrasse meines Hauses auf der Siegmundstraße die Liegestühle – für die vielen Gäste, die ich bald zu empfangen gedachte –, als das Telefon klingelte und Hennys gleichsam erstarrte und umnebelte Stimme hörbar wurde: „Er spricht nicht mehr. Mein Sohn spricht nicht mehr!" Mehr wusste sie trotz vieler Fragen meinerseits nicht zu vermelden. „Er spricht nicht mehr!" Die Stimme wurde nur schriller:
„Mein Herr Sohn spricht nicht mehr mit mir!"

Über die Ginstertwete, einen fast zugewachsenen Pfad, der unsere Straßen außer den offiziellen Wegen sozusagen noch einmal heimlich, aber sehr direkt miteinander verbindet, eilte ich zum Walkürenring hinüber, und tatsächlich, da saß Luzius, mein Enkelsohn, und war verstummt. Etwa eine Woche vorher hatte ich ihm ein Meerschweinchen geschenkt, und vor dem Käfig mit dem ebenfalls unglücklich und trüb blickenden Meerschwein saß er auf einem Schemel, unheilvoll hin- und herschwankend, finster starrend, und schwieg.

So fing es an. Wieder drei Tage später fand ich ihn, ohne dass ein gütiges Schicksal mich vorgewarnt hatte, auf der großen Wiese mitten im Stadtpark liegen – ohne Hosen und Unterhosen, nacktärschig also, denn anders kann man´s nicht ausdrücken. Drei andere – wie sagt man? – „Typen", ebenfalls nacktärschig, lagen um ihn herum, und alle vier schrien, als ich vorbeikam, und wackelten wie die Enten mit ihren Hinterteilen.

Nahm ich es mit Humor? War ich tief verstört? Ich kam

gar nicht dazu, das zu entscheiden. Als ich ihn am selben Abend besuchen kam, saß er wieder auf seinem Schemel in der Küche und stierte auf den in der Abendsonne golden glitzernden Meerschweinchenkäfig. Henny war ausgegangen. Der Meerschweinchenkäfig war leer.

Ich wollte etwas sagen, aber Luzius stand auf, mit hängenden Schultern, führte mich zum Badezimmer und stieß mich, ehe ich etwas dagegen tun konnte, hinein.

Da lag das Meerschweinchen, ein schneeweißes Fellbündelchen, in der wassergefüllten Badewanne, das Maul wie im Schreien aufgerissen, die langen Nagezähne wie zu einer hilflosen Zange vorgestreckt, die vier kurzen Beinchen abgespreizt, als sei es beim Gähnen und Strecken plötzlich gestorben, starr und tot.

Wieder wollte ich etwas sagen. Was aber sagen? Und wie protestieren? Ich ging fort, ich sagte nichts, und als ich schon auf dem Gartenweg in dem tröstenden Rosa der vielen Rosen war, krächzte Luzius mit fast unverständlicher Stimme etwas Teuflisches hinter mir her. Es klang wie:

„Es wollte sterben! Es wollte einfach sterben, weißt du!"

Diesmal unternahm ich etwas. Ich ging zur Schule, zu Luzius´ Klassenlehrer, Herrn Seeligmann, der damals noch am Gymnasium im Siegfriedviertel tätig war. Ihm saß ich, einen hohen Stoß Aktenordner zwischen uns, eine halbe Stunde gegenüber, ächzte und flehte um pädagogischen Rat und hörte ihn, Herrn Seeligmann, um den herum allmählich noch andere Lehrer mit Aktenordnern tätig geworden waren, klaren Gesichts aus sichtlich klar gegliederter Erkenntnis heraus sagen:

„Liebe! Geben Sie ihm Liebe, die er braucht! Verständnis! Geben Sie ihm Verständnis, dessen er bedarf! Es verwächst sich im übrigen. So etwas verwächst sich im allgemeinen bald."

Nebenbei erfuhr ich, dass Luzius an diesem Tag nur kurz in der Schule erschienen war, um einem Lehrer auf den Anzug zu spucken, nur eigens zu diesem Zweck, so schien es, bevor er wieder fortrannte. Wo war er? Ich beschloss, ihn, wenn nötig, den ganzen Tag lang zu suchen, aber auf dem Siegfriedplatz, wohin ich von Herrn Seeligmann aus zunächst gegangen war, um mir zur Beruhigung ein paar Zigarillos zu kaufen, sah ich ihn schon. Er stand auf den Stufen des alten Roxy-Theaters, einer Art Freitreppe zu einem nicht mehr benutzten Eingang, wo sich die Punks der gesamten Umgegend zu versammeln pflegten. Im hellen Sonnenlicht stand er da – so merkwürdig verändert, ich wusste nicht gleich, weshalb, stand da und trank aus einer Bierdose, jedem Schluck durch wippende Knie nachhelfend, und als er getrunken hatte und sich rülpsend nach vorne beugte, durchfuhr mich der nächste eisige Schreck. Ich sah nämlich jetzt deutlich, dass dort, wo sein Blondhaar sich einst geringelt und gekraust hatte, mitten auf seinem Kopf also, dass sich dort plötzlich eine weiß gepuderte Glatze ausbreitete – oder, genauer gesagt, nicht eigentlich eine totale Glatze, sondern eine schreckliche weiße Leere mit einem roten Hahnenkamm in der Mitte.

Dies war der Augenblick, in dem ich mit mir selbst zu reden anfing. Nein, ich konnte nicht mehr zurechtkommen, ohne zu reden, laut oder leise, ich weiß nicht mehr. Opa, erschrick nicht, sagte ich ernsthaft zu mir, erschrick jetzt nicht, Opa, hörst du; für Schrecken ist jetzt gar keine Zeit, Opa – du musst jetzt handeln.

Aber ich handelte nicht, noch nicht. Ich sah, dass noch etwa zehn ähnliche Gestalten, die alle lärmend ebenfalls Bier tranken, um Luzius herumstanden, und ich hatte Angst. Vor allem aber hatte ich jegliche Ahnung auch nur der geringsten Übersicht verloren. Ich zwang mich daher, die Zigarillos zu kaufen, zwang mich, Schritt für Schritt das ruhige Wandeln meiner Füße betrachtend, nach Hause zu gehen, setzte mich dort in meinen Sorgenstuhl und begann zu rauchen.

Sechs Zigarillos brauchte ich, um wieder handlungsfähig zu werden. Zwei rauchte ich, um die Pulsfrequenz zu senken, darauf zwei weitere, um die Idee zu entwickeln, einerseits – Herrn Seeligmanns These folgend – mit Liebe und Verständnis im Herzen zum Siegfriedplatz zurückzukehren, andererseits aber mich dabei gegen allerlei Unwägbarkeiten zu wappnen, und zwar durch Mitnahme meiner Gaspistole, die sich ja schon gegen die Maulwürfe so gut bewährt hatte.

Dann – unter dem Einfluss der letzten zwei Zigarillos – begriff ich, dass ich das alles wirklich tun musste. Wie denn auch nicht? Das Meerschwein war tot, der Kollege des Herrn Seeligmann angespuckt, der Hahnenkamm stand! Etwas Ernsthaftes musste getan oder zumindest versucht werden, und zwar sofort, ehe ich mitschuldig daran wurde, dass der arme Junge – denn mein armer Junge, das war er für mich jetzt mehr denn je – sich noch mehr Greuel ausdachte und verübte.

Also packte ich, während der letzte Rest an Unschlüssigkeit

mit dem letzten Zigarillorauch über den Sorgenstuhl zum Fenster hinaus entwich, meine Maulwurfpistole, eine Röhm, geladen mit fünf Schuss, in die Hosentasche und ging los.

Es war später Vormittag, als ich wieder auf dem Siegfriedplatz ankam. Etwa zehn Typen, wäre ich noch etwas älter, hätte ich sie möglicherweise „Kinder“ genannt, saßen da auf der Roxy-Treppe, hörten Kofferradio, tranken Bier aus Dosen und rülpsten. Einige sangen unentwegt „humba, humba“, andere hatten sich für „täterä“ entschieden, eine dritte Gruppe hatte keine Einfälle gehabt und schwieg. Zu dieser schweigsamen Gruppe, die auf der obersten Stufe nahe dem Treppenabsatz saß, gehörte Luzius Timotheus - zusammen mit drei Mädchen, die wie Zuchtbullen dicke Ringe an den Nasen, am Leibe aber lange schwarze Priestergewänder trugen. Die anderen Gruppen, die sich nahe der untersten Stufe platziert hatten, bestanden nur aus Jungen, alle in schwarzen Lederjacken, große unförmige Schaftstiefel an den Füßen, die mich an die „Knobelbecher“ meines Vaters aus dem Zweiten Weltkrieg erinnerten, und alle mit Hahnenkämmen auf den Köpfen, großen und kleinen, roten, gelben und grünen – wie eine Versammlung märchenhaften Federviehs, das da also aus Leibeskräften sang.

Ich nahm neben Luzius auf der obersten Stufe Platz. Der dargebotene Gesang störte mich erheblich, verlegen und auch wieder unsicherer geworden, wie ich war; doch ich hatte mich kaum gesetzt, da erhob sich jemand aus einer der unten platzierten Gruppen, ein wirklich sehr fetter junger Mensch mit so langen Hosenträgern, dass ihm die segelartig im Sommerwind wehende Hose bis in die Kniekehlen hing, und hob schreiend einen Arm, worauf alle Kehlen verstummten.

Ich öffnete den Mund, um etwas zu Luzius zu sagen, aber der mit den Hosenträgern hob wieder schreiend die Hand, und ich verstummte in meiner Verlegenheit auf dieses Zeichen hin, wie die anderen verstummt waren, und biss mir auf die Lippen. Der mit den Hosenträgern schlurfte daraufhin in die Mitte der Treppe, wo das Kofferradio stand, schaltete die Musik aus, stampfte die Treppe zu mir hinauf, baute sich vor mir auf, so dass das Segel seiner Hose mir flatternd jede Sicht nahm, und sagte:

„Opa, verpiss dich!"

Opa, du bleibst da, sagte ich aber zu mir selbst, du bleibst da und fängst dein Werk an! – und ich rückte näher an Luzius heran, stieß ihn vertrauenheischend in die Seite und sagte mit möglichst fester Stimme:

„Deine Mutter grämt sich zu Tode, Luzius. Komm mit nach Hause, Lux!"

Luzius sah mich darauf nicht an, sah starr an mir vorbei, knirschte aber zwischen den Zähnen hervor:

„Opa, du Schwein!"

Der mit den Hosenträgern musste es gehört haben.

„Schwein" Ein Schwein ist unter uns?" lachte er schrill auf. „Hast du das gehört, Jesaja? Das Schwein muss aber fort, nicht wahr? Darum geh hin, Jesaja, und sag dem Schwein, es soll sich verpissen!"

Aus der unteren Reihe bunter Hahnenkamm-Köpfe kam darauf einer hoch, ein sehr kräftiger, muskulöser Junge, der eine Motorradbrille verkehrt herum trug und sich jetzt einen schwarzen, sehr breitkrempigen Schlapphut auf den grünen Hahnenkamm setzte.

„Verpiss, verpiss, verpiss!" schrie er, indem er den Hut sogleich wieder absetzte und, ihn schwenkend und wedelnd, auf mich zukam. „Stalin sagt, du sollst dich verpissen, hörst du!"

Verzweifelt brachte ich meine Lippen dicht an Luzius´ Ohr und flüsterte:

„Luzius, Luzius, Luzius! Tu es uns nicht an! Tu es dir nicht an! Tu es Gott nicht an!"

Mitten in meiner Rede spürte ich aber etwas Kaltes, Feuchtes in meinem Nacken, fuhr herum und sah Jesaja mit dem Schlapphut und der Motarradbrille über mir stehen, eine Bierdose in der Hand, deren Inhalt auf mich niederplätscherte.

„Biertaufe! Hu! Jesaja hält Biertaufe!" schrie irgendjemand, dessen Standort ich nicht ausmachen konnte.

Noch heute kann ich ehrlicherweise nicht verhehlen, dass ich ein gewisses Maß an Hochachtung für mich selber hege, wenn ich daran denke, dass ich, der ich keineswegs zum Helden geboren bin, angesichts dieser Lage die Nerven behielt. Ich erkannte aber in diesem Augenblick, da das Bier auf mich niederrieselte, da auch mein Enkel wieder anfing, mich unbekümmert „Schwein" zu nennen, dass ich so den angesagten Kampf nicht gewinnen konnte. Ich musste, durchfuhr es mich kalt und klar, eine entschlossene Attacke reiten. Wie aber um Gottes Willen das? dachte ich.

Mit unklaren Vorstellungen noch sprang ich zunächst auf, denn ich musste schnell handeln, das stand fest. Als ich dem

Schlapphut gegenüberstand, begann er, da er die Flüssigkeit nun nicht mehr auf mich niedergehen lassen konnte, das Bier aus der festgehaltenen Dose mit zuckenden Bewegungen, gewissermaßen aus den Handgelenken, gegen mein Gesicht und besonders meine Nasenlöcher zu spritzen. Die zuckenden Bewegungen ließ er dabei, leicht springend, mehr und mehr auf den ganzen Körper übergehen, so dass die unmäßig breit hängende Krempe seines Hutes auf- und abwippte wie die Ohren eines Cocker-Spaniels.

Attacke! dachte ich, inzwischen eisern entschlossen, jetzt Attacke reiten! Und da die Spaniel-Ohren vor meinen Augen noch wippten und das Bier noch spritzte, wusste ich plötzlich, kaltwütig, wie ich es machen musste, wusste und sah vor mir, wie ich einen Überraschungseffekt geschickt ausnützen konnte, und wusste vor allem, dass ich fit genug war, um es zu schaffen.

Das anhaltende Spritzen und Wippen gab mir Zeit, auf jenen günstigen Augenblick zu warten, in dem mein Gegenüber die rechte Hand leicht sinken ließ. Kaum war diese entscheidende Sekunde gekommen, sprang ich vor, versetzte dem Arm des Bierspritzers einen heftigen Handkantenschlag, so dass die Bierdose wie unter Protest davonholperte, sprang wieder zurück, dann wieder vor, indem ich im Sprung sozusagen das rechte Bein zückte, dann dasselbe Bein erst vor und darauf nach oben schnellen ließ, und landete folglich im Anlauf einen wuchtigen Tritt mitten auf der Brust meines Gegners. Jesaja stieß eine Art Urschrei aus, griff nach seinem Hut, der unvorhergesehen eine Handbreit höher in der Luft stand, und sank um wie ein gefällter Baum.

„Huh äh, huh äh!“ schrie er, als er auf dem Boden angekommen war. „Was ist das? Stalin, hilf mir!“

Und wirklich, ehe ich noch die neue Situation ganz begriffen hatte, war der Gerufene mit seiner ganzen Leibesfülle schon bei ihm am Boden. Er setzte dem Jesaja liebevoll seinen Hut wieder auf, drehte sich aber fast in demselben Augenblick mit einem Ruck um und hatte plötzlich ein geöffnetes Klappmesser in der rechten Faust. Wie ein riesiges, vorweltliches Insekt mit hahnenkammbewehrtem Kopf und unter dem Leib verborgenen Beinen hockte er da, starrte mich an und ließ das Messer blitzen.

Diesmal, aufgrund meines guten Erinnerungsvermögens, die rechte Hand mich rückversichernd in der rechten Hosentasche, wusste ich sofort, was zu tun war. Den Gegner fest im Auge, trat ich mit großen Schritten vor und rief mit Stentorstimme:

„Verpiss dich, oder es knallt!“

Und als er darauf halb verwundert, halb höhnisch Grimassen zu schneiden versuchte, hatte ich, ebenso plötzlich wie er sein Klappmesser, meine Gaspistole in der Hand, trat weiter auf ihn zu und drückte ihm das kühle, kantige Eisen an die Schläfe.

„Weg mit dem Messer und verpissen!“

Stalin hatte die Augen weit aufgerissen, aber er sah mich nicht an, als er das Messer fallen ließ. Ganz langsam, in Zeitlupe, spreizte er erst den Daumen, dann die Finger ab und ließ es fallen, und ich nahm das blitzende Ding und steckte es so beiläufig ein, als sei es mein gewohntes Geschäft, täglich gefährliche Täter am Tatort zu entwaffnen. Als er dann die Stufen hinabging, vor Schreck nicht mehr schlurfend, folgte meine Pistole jedem seiner wachen, erschrockenen Schritte. Er kam an Jesaja vorbei, der sich inzwischen wieder aufgerafft hatte und ein leises, trotziges „Humba! Humba!" anstimmte, dann an dem Rest der Jungen auf der unteren Treppenstufe, und jedesmal, wenn Augenpaare mich halb verstört, halb ungläubig ansahen, gab der Lauf meiner Pistole unmissverständliche Winke. Einer nach dem anderen erhoben sie sich bei diesen Winken, höhnische Rufe ausstoßend zwar und Bierdosen kickend, aber sie entfernten sich doch, einer hinter dem anderen hergehend im Gänsemarsch fast, und dies um so schneller, da ich meine Bewegungen mit möglichst grob ausgestoßenen Drohungen mischte wie: „Gleich pfeif´ ich die Bullen ´ran!" oder: „ich mach´ euch alle zu Knastbrüdern!"

Als sie fort waren – nichts anderes als ein Spuk schienen sie auf einmal im Angesicht der leeren Roxy-Treppe gewesen zu sein - , wandte ich mich Luzius zu, den ich natürlich auch vorher heimlich im Auge behalten hatte. Die drei nasenringgeschmückten Mädchen in priesterlich schwarzen Gewändern, die neben ihm gehockt hatten, waren ebenfalls fort, offenbar beim Auftauchen von Messer und Pistole davongehuscht. Luzius saß allein auf dem oberen Treppenabsatz. Er sah mich an mit seinen blauen Augen, und ich weiß noch, wie verblüfft ich war, denn seine Augen und der ganze Ausdruck seines Gesichtes erinnerten mich an die Miene eines jungen Hundes, wenn er, wach und mit nach vorn gestellten Ohren, die Stirn leicht faltig, fragend und wedelnd ein erstaunliches Spielzeug betrachtet.

Rührung, tiefe Rührung wollte mich bei seinem Anblick überkommen, auch so etwas wie Freude nach dem Sieg – zusammen mit dem Bedürfnis, mich nach der Anstrengung einfach fallen zu lassen –, aber konnte ich jetzt, wenn ich dem nachgab, nicht alles verspielen? Wie verhielt es sich denn wirklich mit dem einsamen Jungen, der dort oben auf dem Treppenabsatz allein zurückgeblieben war? „Opa, du Schwein!“ widerhallte es noch in meinen Ohren. Fing die wahre Arbeit womöglich jetzt erst an? Ich trat also, innerlich wie äußerlich gewappnet, die Pistole noch im Anschlag, hinter meinen Enkel, drückte mein rechtes Knie spitz in seinen Nacken und stieß gleichzeitig ein möglichst unartikuliertes Knurren aus.

„Steh auf! Wir gehen nach Hause!“

Luzius erhob sich. Er erhob sich, wie die anderen es getan hatten, ging die Stufen hinab wie die anderen, aber er schüttelte den Kopf, drehte sich um, schüttelte wieder den Kopf und ging merkwürdig leicht. Der rote Hahnenkamm auf seinem Kopf winkte in alle Richtungen, und die Lederjacke, die er im Nacken zurückgeschoben hatte, wirkte, als wollte sie vor Leichtigkeit von ihm abfallen.

So kamen wir – ein ungewohnt sorgloser Bösewicht und ein eher schamhafter Pistolero – die leere Brunhildenstraße entlang bis zur Ecke Guntherstraße, wo damals am Rande eines unbebauten Grundstücks eine Gruppe von vier oder fünf hohen Birken stand. Dort blieb er stehen und sah mich wieder mit seinem blauen Blick an, diesmal sehr lange. Dann trat er rückwärts einen Schritt unter die Birken, wie um mich besser im ganzen sehen zu können, und sagte:

„Bühnenreif. Das war echt bühnenreif, Opa!"

Ich holte tief, tief Luft und ließ die Pistole sinken.

„Man gibt sich Mühe", sagte ich.

„Echt, Opa!" sagte er wieder. „Wie du den Jesaja umgenietet hast! Den Stärksten! ´Ne gewaltige Trampe! Du hast ´ne gewaltige Trampe! Echt!"

Sollte ich die Pistole wegwerfen – weit hinter die weißen Birkenstämme? Ich grinste und sagte:

„Ja, die hab ich. Die Trampe hab´ ich."

Jetzt grinste er auch.

„Ja, die hast du. Und weißt du, was? Du bist ´n richtig geiler Opa!"

„Was?"

Er war wieder aus den Birken herausgetreten, nickte und grinste, nickte und grinste.

„Verstehst du? Der allergeilste Opa! Ich meine, du hast geil durchgegriffen, wie sechs Mann, eh?"

„Wie sechs Mann? Du meinst ... Du erkennst das an? Du meinst ... ich bin in Ordnung? Alles ... in Ordnung?"

Ich war verlegen. Wirklich, alles war auf bestem Wege, aber jetzt war ich verlegen, und ich streckte abwechselnd die linke und die rechte Hand nach ihm aus, dann nur noch die rechte, dann gar keine mehr. Schließlich ergriff Luzius eine meiner Hände.

„Gehen wir nach Hause!" sagte er, indem er mich mit sich zog. „Wenn ich gewusst hätte, dass du solch geiler Typ bist, na – nimm Gift drauf, da wäre ich dir schon viel eher auf den Leim gekrochen."

STERBA UND DAS SCHWEIN

Hier, lieber Landrat, ohne weitere Einleitungen gleich der Bericht über jene leidige, uns hier im Unteramt noch immer verwirrende Angelegenheit mit dem Wildschwein. Sie haben zwar, als Sie jüngst die vierteljährliche Routinebesichtigung des Unteramts durchführten, bei dem gewohntermaßen folgenden, angenehm verplauderten Pfeifenstündchen einen streng geführten, geradezu nackten Amtsbericht gefordert, doch nehme ich mir die Freiheit, Ihnen zunächst privatim einen Abriss zu geben. Dies tue ich vor allem um jenes Erich Sterba willen, der die Wildsau fand! Kaum wäre nämlich die schon zu mathematischer Klarheit geschliffene Sprache unserer Ämter, wie viel weniger der unabdingbare Vordruck! – fähig, jene Vorkommnisse, so wie sie waren, in sich aufzunehmen. Schreibe ich Ihnen jetzt aber in privater Mission, dann wird der sofort folgende nackte Bericht nichts entstellen können, wird im Gegenteil das zusammenraffen, was hier chronologisch in leichter Breite folgen soll, und es wird, das war mein Anliegen um des Sterba willen, es wird jenem Erich Sterba bezüglich des Wildschweins volle Gerechtigkeit!

Besagter Sterba hat übrigens, als Sie das Unteramt visitierten, als braver Aktenmann an seinem Schreibtisch über den Akten gesessen; ja, er hat, erinnere ich mich recht, - vielleicht annehmend, Sie wüssten schon alles, und unsicher, ob ihm jetzt Ehrung oder Verdammung zuteil werde, - mit dem Kopf im Rollschrank seines Schreibtisches gesteckt, war gewissermaßen als Wurm mit Kopf und halbem Brustkorb dort verschwunden und ließ, so schien es, die Gliedmaßen und den Anhang seines Körpers nur infolge der ihm widrigen Umstände draußen im Büroraum auf dem Stuhl. Diesen Körperanhang klopften Sie damals, lieber Landrat, klopften ihn wohlwollend, nahmen so viel Arbeitseifer im Unteramt zum Anlass, die Akten dieses Mannes keiner weiteren – sonst gewiss notwendigen – Prüfung zu unterziehen. Sterba aber, das war bezeichnend für Sterba, Sterba reagierte auf dieses Beklopfen seines Gesäßes mit einem bescheidenen Lächeln, welches als ein glucksender, huhnhafter Ton aus dem Rollschrank hörbar wurde.

Erstaunlich, nicht wahr, erstaunlich schon eine solche Episode! Und wieviel mehr erstaunlich, wenn man bedenkt, dass diese Episode, wie ich schon anmerkte, charakteristisch für Sterba ist, dann aber weiter bedenkt, wie sich Erich Sterba angesichts des dasitzenden Wildschweines benahm! Ich sage: des dasitzenden Wildschweines, sage das mit vollem Bewusstsein, weil ich annehme, dass Sie bis zu dem Punkt, an dem das Wildschwein saß, bereits gerüchteweise über den Vorfall informiert sind. Sollte dieses dennoch nicht der Fall sein, so sei hier kurz und schlicht der Anfang der Geschichte nachgetragen, bei dem allerdings nicht Sterba, sondern eine gewisse Frau Flammery eine Rolle spielte.

Jene Flammery, die hier für die Sauberkeit der Räume verantwortlich ist, tritt eines Morgens, eines Maimorgens, in mein Amtszimmer, tritt ein, ohne anzuklopfen. Auf mein Abwinken weicht sie nicht zurück, tritt vielmehr weiter vor ins Amt, stößt mit dem hochgehissten Schrubber gegen mich vor, bleibt erst beim Anprall gegen den Schreibtisch stehen, reißt den Mund auf, kann dennoch nicht sprechen, weist stumm mit dem Schrubberstiel aus der offen gelassenen Tür. Dass Frau Flammery nicht sprach, besonders, dass sie auch nach dieser gut geglückten Vorbereitung ihres Auftrittes kein Wort aus dem offenen Mund bekam, machte mich vor allem stutzig, denn die Frau war bis dahin zu jeder Tageszeit sehr wortreich gewesen. Ich sage folglich zu Frau Flammery: „Reden Sie! So reden Sie doch, Frau!", schlage ihr endlich, da sie schweigt und schweigt, ungeduldig auf den Schrubberstiel, dass der zur Erde fällt. Frau Flammery jedoch sagt noch immer nichts. Statt des Schrubberstiels zeigt jetzt ihre ausgestreckte Hand gegen die offen stehende Tür meines Amtszimmers, und in der Tür stehen Gold, Spoon und Richards, die mit besagtem Sterba in einem Büroraum des Unteramts gemeinsam arbeiten. Spoon und Richards, Sie kennen ihre holzigen Gestalten, blicken unverwandt die auf sie hinweisende Frau Flammery an, als sei sie es, um die es hier geht, und Gold allein, obwohl von Gestalt ebenso holzig, Gold allein tritt vor, reicht Frau Flammery mit der einen Hand den gefallenen Schrubber, streichelt mit der anderen ihr in letzter Zeit ergreisendes Haar und löst so die allgemeine Starre.

„Was", sage ich, indem ich in diesem Augenblick alle Anwesenden mit einem sie anherrschenden Blick überfliege, „was geht hier eigentlich vor?"

Da erklären plötzlich alle drei etwas, ein allgemeiner Wortschwall entsteht, auch Frau Flammery wird lebendig, stampft nervös mit dem Schrubber auf, bewegt sogar eifriger die Lippen als die anderen, aber ich verstehe nichts, - nichts, ausgenommen jenes verhängnisvolle Wort „Wildschwein".

„Was?“ sage ich. „Wildschwein? Was ist mit einem Wildschwein?“

Ziemlich drohend muss ich wohl gesprochen haben, denn jetzt antwortete nur noch Gold, und zwar sehr zaghaft:

„Mit Verlaub, Herr Amtsrat, es ist ein Wildschwein im Amt.“

Natürlich lachte ich laut auf, dachte an einen verspäteten April- oder Maienscherz der Beamten. Zwar grenzte, so fiel mir ein, das Gebäude unseres Amtes an den Groß-Brackenroder, Elzumer und Groß-Zweidungener Sauenwald, zwar sollte dieser Wald sogar von zahlreichen Sauen und Keilern bevölkert sein, aber den Gedanken, etwa jetzt mit dem Anblick eines dieser unerfreulichen Lebewesen konfrontiert zu werden, wies ich doch weit von mir. Gutmütig, halb widerstrebend, aber wohl wissend, dass man in einem solchen Falle den Leuten nicht die Laune verderben darf, wenn ein gutes menschliches Klima herrschen soll, ließ ich mich von Gold, Spoon und Richards aus meinem Amtszimmer locken und den von erregten Beamten gefüllten Gang entlang zu ihrem Büro führen. Vor der Tür hielt Gold an, blickte durchs Schlüsselloch, nickte, ließ auch einige andere blicken und sagte:

„Der Mordskerl ist noch bei der Sau!“

Als darauf ebenfalls Spoon, Richards, Frau Flammery und noch andere, die in der Nähe standen, durchs Schlüsselloch geblickt hatten, sagte auch Spoon:

„Der Mordskerl ist noch bei der Sau!“

Im Verlaufe des weiteren Gespräches stellte sich heraus, dass besagter Sterba, Erich Sterba, der in dem Büro, vor dem wir standen, normalerweise als Bürovorsteher wirkte, dass dieser Sterba der Mordskerl sein sollte. Gleichzeitig versicherte man sich gegenseitig, dass keiner von denen, die draußen standen, ein ähnlicher Mordskerl sei. Ja, man war sich hierin so einig, dass – trotz meines ausdrücklichen Verlangens – niemand die Tür öffnen wollte, sondern alle zuvor zumindest eine geladene Flinte verlangten. Hier schien mir nun der Spaß, wenn auch nicht zu weit zu gehen, so doch zu lange zu dauern. In meiner Fachschulzeit hatte ich zwar während der ziemlich gründlichen psychologischen Schulung gelernt, auf die Leute einzugehen, doch nicht so, dass dadurch die Arbeit, für die ich mehr als für die Leute verantwortlich war, vernachlässigt wurde. Ich schickte daher, äußerlich dem Spaß nachgebend, den ängstlichen Spoon in mein Arbeitszimmer, um ihn die dort am Haken hängende Zwölfer-Schrotflinte holen zu lassen, öffnete aber, als Spoon fort war, die Tür zu Sterbas Büro.

Kaum bin ich indessen ins Zimmer getreten, stößt die Flammery mit ihrem Schrubberstiel hinter mir die Tür zu, und ich sehe Sterba, eine sehr holzige, eine äußerst holzige Gestalt übrigens, an seinem Schreibtisch stehen - nein, liegen, ich sehe ihn über dem Schreibtisch liegen, das Kinn auf zwei, drei ebenfalls liegende Ordner gestützt. In dieser Haltung, der Haltung eines wartenden Hundes, blickt der Mann Sterba unausgesetzt auf den einige Meter entfernt in der Mitte des Raumes stehenden Bürovorstehersesse und stößt leise Laute aus, die etwa klingen wie: „Wum ho! Wum ho! Tier, Tier, Tier!“

„Sterba“, sage ich, um die erwartete Pointe dieses Scherzes schnell abzuwickeln, „Sterba, ist Ihnen nicht wohl?“

Sterba jedoch, in unveränderter Haltung, antwortet irgendein gleichgültiges Zeug, fährt dann unbeirrt mit seinem „Wum ho, wum ho!“ fort. Als ich darauf zum ersten Mal den Bürovorstehersessel anblicke, den er solchermaßen bespricht, entdecke ich da eine braunschwarze Masse, entdecke Zähne, die aus dem Kopf herausragen, eine lange Schnauze mit Plattnase, zwinsende Punktaugen und Ohren wie gebeulte Kaufmannstüten.

Na, das verschlug mir den Atem! Das raubte mir den Ton meiner Stimme, wie gerne ich jetzt, immer noch an Psychologie denkend, Sterba zuliebe gelacht hätte. Wildsau – lebendige Wildsau – zwinsende Wildsau, konnte ich gerade noch denken, assoziierte dann mit Mühe: Wildsau muss aus dem Amt entfernt werden, - konnte mich aber, zumal mir einfiel, wie angriffig diese Tiere sein können, in meiner Verwirrung auf keine Dienstvorschriften diesbezüglicher Art besinnen.

„Geht nicht“, sagte ich endlich, zur Vorsicht auf einen Stuhl und von dort auf Golds Schreibtisch steigend, „geht nicht dieser Scherz zu weit, Sterba?“

„Wum ho“, sagt der. „Reden Sie leise, leise, pst, in meiner Tonart, Herr Amtsrat! Das beruhigt das Tier! Sehen Sie nicht, wie ängstlich es ist?“

„Ängstlich? Die Sau?“

„Sicher!“ sagt Sterba mit seiner sanften Wum-ho-Stimme. „Meinen Sie, sonst hätte es so stark gekotet?“

„Gekotet?“ sage ich mit sanfter Wum-ho-Stimme. „Es hätte gekotet?“

„Ach ja, Sie können es nicht sehen“, sagt Sterba. „In seiner Angst sitzt es auf den Exkrementen! Armes Tier!“

Na, er redete so weiter, redete mit „Wum ho“ und allen Worten, die er sagte, gleichzeitig beruhigend und voller Tierliebe zur Sau, die sich tatsächlich – abgesehen von den Zwinsbewegungen der Augen und Ohren – im Sessel nicht rührte. Mochte es nun sein Verdienst sein oder nicht, ich wurde auf meinem Schreibtisch ruhiger, setzte mich sogar auf die Tischplatte, auf der sonst die Hände des Büroangestellten Gold hantierten, kreuzte die Beine und begann ernsthaft die Lage zu überdenken. Aus Sterbas Worten, die weiter und weiter flossen, entnahm ich zwei Tatsachen. Erstens: Es handelte sich hier keineswegs um einen grobschlächtigen, viel zu weit getriebenen Volksjux, sondern das Wildschwein war selbstständig zugelaufen, und zwar unter den Augen der Frau Flammery. Zweitens: Er, Sterba, war Tierfreund, hielt sich daheim Kaninchen, hatte mehrere zoologische Gärten besucht, dort einmal durch reines Besprechen eine hinter Gittern rasende afrikanische Löwin beruhigt und wollte nun, ausgerüstet mit diesen Kenntnissen, das in den Amtssessel gesprungene Wildschwein durch die Einwirkung einer sanften, wie er sagte „naturnahen“ Stimme zum Absprung, alsdann zum Verlassen des Unteramts bewegen. – Aus diesen zwei Mitteilungen zog ich zwei Folgerungen. Erstens: Ich konnte meine Psychologie ohne die geringsten Bedenken, die, falls es ein Ulk gewesen wäre, vielleicht doch noch bestanden hätten, außer Anwendung lassen. Zweitens: Sterba mutete sich zuviel zu, das Schwein war nicht durch Sterba, sondern anderswie zu entfernen.

Diese letzte, hoffentlich auch in Ihren Augen, lieber Landrat, richtige Folgerung brachte dann die Komplikationen. Jetzt nämlich höre ich das Gerede der Beamten im Gang zunehmen, in der Tür, die sich öffnet, erscheinen Spoon, Richards und Gold mit der Zwölfer-Schrotflinte, ich ziehe aus dem Anblick der Flinte und meinen vorherigen Überlegungen weitere Folgerungen, erhebe mich auf dem Schreibtisch, gebe Befehl, die Flinte zu bringen, was aber geschieht? Spoon, der ängstliche, gibt Gold die Flinte, Gold nickt, ruft auf Sterbas Anraten „Wum ho", bringt die Flinte, aber Sterba, als ich die Flinte schon halte, schon waidgerecht halte, Sterba steht auf, erhebt sich aus seiner hundhaften Haltung, fuchtelt mit den Armen und ruft:

„Nicht!"

„Nicht?" sage ich.

„Warum?" schreit Sterba. „Warum das Tier töten?"

„Es muss raus!" sage ich und will wieder anlegen. „Sehen Sie nicht, dass es raus muss?"

Sterba jedoch springt vor, springt vor die Wildsau, deckt die Wildsau, die vor Schreck die Augen verdreht, mit seinem Körper, dass ich nicht zum Schuss komme. Gold und Richards, die wie alle anderen auf meiner Seite sind, rufen ihm zu: dies sei nicht der rechte Augenblick, den Retter zu spielen!, Spoon zischelt: „Zur Seite, sie springt, springt auf mit allen Zähnen!", Frau Flammery, mütterliche Freundin, die sie den Büroleuten ist, mahnt: „Aber Herr Sterba, Herr Sterba – aber das ist doch die Sache nicht wert!" – Sterba aber bleibt unerschütterlich auf seinem Posten. Ja, bei Frau Flammerys Worten lässt er sich wieder zu Protesten hinreißen, die nur um des Wildschweines willen mild klingen: klagt die arme Frau schwer an, erzählt, dass sie wohl gesehen habe, wie das arme Tier, aus dem Groß-Brackenroder, Elzumer und Groß-Zweidunger Wald kommend, über die Straße nach Zweidungen getrottet sei, dort plötzlich von Motorrädern erschreckt worden wäre und in schnaubenden Stößen sich ins Unteramt gerettet habe: ein unschuldiges Tier also, ein Tier auf der Flucht, ein Lebewesen, das um Asyl vor den Motorrädern bitte, die Flammery wisse es schon, denke aber gleichwohl nur an die Verkotungen, die sie zu entfernen habe, und wolle allein deshalb dem Tiere nicht wohl.

Nun, ich ließ dahingestellt, was Frau Flammery sich gedacht haben mochte, als sie die Erschießung des Wildschweines unterstützte. Zu derlei Untersuchungen, auf die die Angestellten wohl sonst Anspruch haben, blieb jetzt nicht die Zeit, sondern ich hatte meine ganze Autorität nötig, um Ruhe und Ordnung herzustellen.

Als dies geschehen und rings um das Schwein wieder Schweigen eingetreten war, nahm ich, meiner Pflichten eingedenk, sofort einen neuen Anlauf gegen Sterba und mahnte ihn mit sehr lauten Worten, zur Seite zu treten, aber er wich nicht und stand da wie vorher. Um mehr Nachdruck in meine Worte zu bekommen, nahm ich feierliche Dienstausdrücke zu Hilfe, rief und schimpfte, ja, gab ihm schließlich als Amtsrat und Vorgesetzter den dienstlichen Auftrag, von jenem befrachteten Sessel abzulassen, - aber der Mann Sterba rührte sich auch jetzt nicht, stand und stand vielmehr immer noch da, angewurzelt, als seien ihm die Ohren, mit denen er doch meine Befehle hören konnte, fortgeblasen.

Als es auf diese Weise so weit gekommen war, dass die Autorität meiner Person in Frage zu stehen schien, besann ich mich nach dem ersten Schock vor allem darauf, dass ich den Mann, der so unerbittlich vor dem Schwein stand, auf die Folgen seines Verhaltens aufmerksam zu machen hatte.

„Das, Sterba", rief ich ihm daher nach kurzem Besinnen in scharfer Akzentuierung zu, „das, Erich Sterba, werden Sie zu bereuen haben!"

Und ich fuhr fort:

„Sehr zu bereuen! Dienstlich zu bereuen! Ist Ihnen das klar?"

Ja, das war wohl richtig gesprochen, nicht wahr? Aber hält dieser Mensch etwa nunmehr, nachdem gewissermaßen allerletzte Mahnungen ergangen sind, endlich innere Einkehr? Nein, er hält sie nicht, hält sie ganz und gar nicht, nicht einen Ansatz, nicht den Anfang eines Ansatzes macht er dazu.

„Jawohl", sagt er stattdessen ganz ruhig, „jawohl, es ist klar, was Sie sagen, Herr Amtsrat, aber –"

„Was ... aber? Leid wird es Ihnen tun, solange Sie leben", sage ich, um die Drohung noch zu steigern, „und Ihrer Familie wird es Leid tun, solange Ihre Familie lebt: Dies war eine Dienstanweisung!"

„Jawohl", sagt Sterba, „aber – "

„Ich gebe Ihnen eine letzte Chance, verstehen Sie? Treten Sie zur Seite, und alles ist nicht gewesen!"

„Aber ... es geht nicht", sagt Sterba, „geben Sie mir zwei Stunden Zeit, und ich entferne das Tier ohne einen Schuss."

„Wir haben nicht zwei Stunden Zeit", sage ich.

„Doch", sagt Sterba und züchtet gewissermaßen eine kalte Ruhe in seinem Gesicht, „doch, wir nehmen uns die Zeit, denn wir können nicht einfach den hilflosen Waldbewohner abknallen. Ordnen Sie an, bitte, und schon haben wir Zeit."

Unfasslich, nicht wahr? Er häufte, als wäre das gang und gäbe, Frechheit auf Frechheit, Widersetzlichkeit auf Widersetzlichkeit, er, der bis dahin Jahr um Jahr still vor sich hingerechnet und voller Nachsicht die ihm unterstellten Beamten geleitet hatte. Lange, viel zu lange, duldete ich diese jäh hervorgebrochene Grobheit, viel zu lange rechtete ich mit ihm, der nichts zu rechten hatte, aber schließlich schlug doch der wilde Zorn in mir hoch. Sterba verstieg sich nämlich während der weiterlaufenden Auseinandersetzung so weit, seinerseits mich, der ich schussbereit in guter Schussposition stand, mich, seinen Vorgesetzten, zum Verlassen des Büros aufzufordern, und zwar mit der Begründung, dass ich dem Schweine jene Entspanntheit raube, die es benötige, um von dem Bürovorstehersessel niederzusteigen. Gut, so weit war es also! Das nehme ich indessen noch hin, mäßige mich noch, aber Sterba geht jetzt noch weiter, spricht von Tierschutzvereinen, spricht davon, dass er mich belangen wolle, m i c h belangen, sagt wörtlich:

„Und Sie, Sie werden es sein, der belangt wird!"

Das, bei allem, was vorhergegangen war, machte mir plötzlich deutlich, wie tief ich mich erniedrigt hatte! Das Gefühl aber, erniedrigt gewesen zu sein, ließ Zorn in mir aufkochen, trieb mir den kochenden Zorn in die Adern und Stimme.

„Zur Seite, Sterba!“ schreie ich und reiße das Gewehr wieder an die Wange. „Zur Seite, oder ich schieße durch Sie durch!“

„Ho!“ ruft er. „Ho, Sie wagen es nicht!“

„Dürr genug sind Sie“, rufe ich, „schwach und dürr genug, um jede Kugel durchzulassen!“

Und wirklich war ich jetzt willens, wenn auch nicht durch ihn hindurch, so doch an ihm vorbei auf die Sau zu schießen, denn er war tatsächlich viel zu dürr, um diese ganz zu verdecken. Sterba aber, als ahne er mein Vorhaben, ändert in diesem Augenblick seine Taktik: Steht nicht mehr da, sondern geht vor der Sau auf und ab, und zwar mit blitzschnellen Schritten. Als mein Gewehrlauf darauf anfängt zu pendeln, grinst er, redet dazwischen wieder in tierischen Lauten auf den Sessel ein, pendelt schneller, und sein Grinsen scheint zu sagen: Ein Menschenleben für ein Schwein? Wie steht's damit?

Trotz dieser Gerissenheit wäre ich mit der Zeit zum Schuss gekommen. Sterba nämlich, der nicht Waidmann ist wie ich, konnte eines nicht bedenken: dass für mich außer Kopf und Herz des Schweins kein Ziel in Frage kam, wollte ich nicht mich und ihn durch ein rasend gewordenes verwundetes Tier in größte Gefahr bringen. Hierin arglos also, gab er auf diese beiden Zielpunkte keineswegs besonders acht, und ich musste ihn durch geschickte, weit ausholende Pendelbewegungen des Laufes nur verleiten, sich möglichst weit am Schwanzende der Sau zu postieren, um ihren Kopf, vielleicht sogar ihre Brust für eine ruckartig ausgenutzte Sekunde freizuhaben.

Ich war, wie gesagt, sicher, hierin Erfolg zu haben, - würde, so überlegte ich mir schon, Sterba mit seiner eigenen Taktik zur Strecke bringen und könnte später über den zur Strecke Gebrachten ohne weitere Schwierigkeiten den Stab brechen, - doch nein, wie ich bald sehen sollte: das waren Luftschlösser. Dies vor allem deshalb, weil in meinen Berechnungen ein wesentlicher Faktor fehlte: das war das Verhalten der Sau selbst. Diese nämlich fing nun ihrerseits an, die Situation zu verändern. Während ich noch mit dem Gewehr pendele, Sterba mit seinem Körper den Pendelbewegungen tänzelnd vorauseilt, reckt sie sich, reckt sich auf, reckt die Beine, wirft den Körper herum, steht plötzlich im Sessel auf. Damit hatte natürlich jetzt, obwohl es eigentlich nur natürlich war, niemand mehr im Entferntesten gerechnet, aber nichtsdestoweniger steht nun, nachdem es aufgestanden ist, das Wildschwein in seiner vollen Größe da, steht auf vier Beinen im Plüsch, schnobert mit erhobener Schnauze gegen Sterba hin, schabt mit seinen Flanken die Luft, wirft Kot vom Sessel, und sofort, eben weil niemand mit einer solchen Erhebung gerechnet hat, entsteht eine allgemeine, Unsicherheit schaffende Verwirrung: Spoon, Richards und Gold, Frau Flammery in die Mitte nehmend, verschwinden aus der Tür, Sterba stellt sich genau vor dem Kopf des Wildschweines auf, sagt erneut eindringlich: „Wum ho, wum ho, Tier, Tier, Tier!", und die Tür wird, teils neugierig grinsende, teils bleiche Gesichter zeigend, mehrmals aufgerissen und zugeschlagen.

Na, denke ich, dennoch nicht sogleich entmutigt: auch das hat noch sein Gutes, die Sau steht, sie liegt nicht mehr, der Lärm kann sie vollends auf den Fußboden herabtreiben, dann steht sie im Schussfeld, warten wir's ab. Was aber tut jetzt die Sau? Nicht auf meine innerlich flehende Stimme, nicht auf den Lärm der knallenden Tür hört sie, auf Sterba, Sterbas sanftes „Tier – Tier – Tier“ hört sie, schnauft leiser, schnauft langsamer, kehrt mir das bis dahin noch sichtbare Hinterteil ab, kehrt es so ab, dass sie jetzt Sterba Auge in Auge gegenübersteht und ich nichts mehr von ihr sehe.

„Zur Seite, Mann Gottes, dass ich sehe, was in meinem Amte vorgeht!“ schreie ich, die Flinte noch erhoben, aber Sterba weicht natürlich ebenso wenig wie vorher, dreht nur den Kopf, legt zwei Finger an den Mund und flüstert zu mir hinauf:

„Pst – pst, sie hat sich jetzt wieder gesetzt, Herr Amtsrat!“

Das war zuviel. Der Kerl fing an, mir meine Begriffe zu verdrehen, war drauf und dran, mich dahin zu bringen, dass ich mehr an die Wildsau selbst denn ihre Entfernung aus dem Amt dachte. Ich raffte, um dies zu verhindern, den Rest des mir verbliebenen Zornes zusammen, schimpfte laut und schlug etliche Male noch lauter mit dem Flintenkolben gegen die Schreibtischlampe. Nichts änderte sich natürlich durch diese Betätigungen, aber ich wurde innerlich ruhiger; das Klirren der Lampe sänftigte mich, und nach und nach kam in mir eine in dieser Lage denkwürdige Konzentration meiner Gefühle und Gedanken zustande. Klarer, immer klarer sah ich nun, wie völlig der Büromann Sterba die Situation verfahren hatte, sah auch, dass sie mit irgendwie herkömmlichen Mitteln nicht mehr zu normalisieren war. Mit anderen Mitteln also, überlegte ich weiter, mit anderen Mitteln denn durch Selbsthilfe muss Ordnung im Unteramt geschaffen werden. Nach einigem Nachdenken kommt mir auch wirklich ein Einfall, ist trotz meines mühsamen Grübelns fast unerwartet da, ein Einfall, den ich glücklich und verwegen nennen möchte. Um ihn sofort zu realisieren, zögere ich nicht, von meinem erhöhten Standort zu springen, durcheile mit schussgerecht gehaltener Büchse, aber triumphierenden Blicken den Raum, trete in den Gang, wo wieder Spoon mir als erster ins Auge fällt, und befehle:

„Zwo, null, vier! – Notfall!“

Trotz der heiklen Situation, in der wir uns befanden, war es mir nun eine zu Herzen gehende Freude, zu sehen, wie Spoon und alle anderen, die ich in mühevoller Kleinarbeit eingefuchst hatte, diese magischen Zahlen sofort verstanden: Nach ihrer Nennung durchläuft ein Raunen wie Rauschewind die Münder unserer Beamten; Spoon verneigt sich, tritt ans hierfür vorgesehene Nischentelefon, wählt da zwo-null-vier, bringt mir, sich wieder verneigend, den Apparat auf beiden Händen wie auf einem Teller. Befriedigt, siegessicher schon, nehme ich den Hörer aus Spoons Händen, da tritt Sterba, bleicher, länger und holziger denn je, aus dem Büro. Mit bohrenden Blicken erfasst er das Telefon, steht in der offenen Tür, als könne nicht das Wildschwein daraus her vorkommen und über uns alle herfallen, sagt tonlos:

„Zwo, null, vier?“

Ich nicke; Spoon nickt; Gold und Richards nicken; zwo-null-vier!

„Wie? – Ist denn das ein Notfall, um den Ordnungsdienst zu holen?“ ruft Sterba. „Ist das ein Notfall, Herr Amtsrat, wenn ein Schwein in der Stube sitzt, ein hilfloses, ängstliches, vor Motorrädern geflüchtetes, zittrig schnuffelndes Schwein?"

„Seien Sie still", sage ich darauf, „nicht Sie bestimmen, wann hier Notfälle eintreten!"

Aber jetzt, als ich erneut schärfer werden, als ich Dinge von endgültiger Schärfe sagen will, was war das? Jetzt fällt mir in einem Augenblick seltsamer Unsicherheit der Hörer aus der Hand, fällt auf die Gabel zurück, und Spoon muss noch einmal in die Nische zurück, das Telefon auf den dort vorhandenen Mauervorsprung setzen und wiederum die Nummer des Ordnungsdienstes wählen. Währenddessen geht Sterba, als müsse er diesen Augenblick nützen, mit schnellen Schritten aus der Tür, geht den Gang entlang und entfernt sich trotz der laut Mahnungen von Gold und Richards

„Sollen wir ihn holen? Zurückholen?" rufen Gold und Richards. Aber da, ehe ich antworten kann, kommt er schon von selbst aus dem Garten zurück, kommt aber anders, als er gegangen ist, völlig anders, dass jedermann still wird.

Nicht mehr weiß, rotköpfig ist er jetzt, der Blitzstrahl eines aufgeklappten Taschenmessers wächst ihm aus der einen Hand, ein Ast, ein Riesenast weiß blühenden Flieders, den er im Amtsgarten geschnitten haben muss, ein weiß blühender Fliederbaum sozusagen, wächst ihm aus der anderen, losgerissene Fliederblätter, Fliederästchen fallen ihm aus Haar und Händen. In diesem Aufzuge eilt er im Sturmschritt an uns vorbei, nicht rechts und nicht links sehend, eilt zur Wildsau zurück. Die Tür zum Amtsgarten hat er offen gelassen, lässt jetzt auch die Bürotür zum Gang offen, wandelt –

nein, schleicht sich, den Flieder wie einen riesigen Stiez hinter sich senkend, unter erneutem „Wum ho!“ an der Wand entlang, kriecht – ja, kriecht fast, hinter den Bürovorstehersessel, hebt da plötzlich den Fliederbaum, raschelt mir dem Fliederbaum gegen die Ohren des Schweines, schlägt den Fliederbaum gegen Wände und Wandfotos, sagt in diesem Augenblick aber nicht mehr „Wum ho“, sondern „Ksch! Ksch!“, wird immer lauter mit seinem „Ksch! Ksch!“, bis die Wildsau sich erhebt.

Die ihrerseits ist trotz dieser Vorkehrungen ganz ruhig geblieben, erhebt sich gewissermaßen voll Vertrauen zum Bürovorsteher Sterba und benimmt sich, auch nachdem sie aufgestanden ist, völlig friedlich, hebt den Kopf gegen den Fliederbaum, schnuffelt interessiert Fliederduft ein, blickt sich schnuffelnd und leicht niesend um und steigt endlich, da Sterba allzu sehr drängt, sich voll liebevoller Sorgfalt die Flanken leckend, vom Sessel herab.

Kaum ist sie nun auf dem Parkett, da entsteht Bewegung unter den starrenden Beamten zu denen inzwischen aus anderen Räumen immer noch mehr hinzugetreten sind, man knallt Türen, verschwindet hinter Türen, man drängt sich an die Wände, sucht mit den Wänden zu verwachsen und bildet schließlich ein atemloses Spalier. Hier hindurch aber, von Sterba und Sterbas raschelndem Flieder begleitet, trottet jetzt die Sau, ohne sich um etwas zu kümmern, trottet an Spoons Telefon, an den Beamten Richards und Gold vorbei, lässt Frau Flammery hinter sich und erreicht den Ausgang, in den die Sonne hereinfließt. Vor dem Licht stutzt sie einen Augenblickwie erschrocken, zwinst mit den Ohren nach rechts und links, zwinst ganze Kreise in die Luft und schüttelt den Kopf.

Sterba mit seinem Flieder ist derweil hinter ihr stehen geblieben. „Ksch! Ksch!“ zischt er wieder, da er die Sau, das Hinterteil noch im Amt, so beunruhigend still stehen sieht. „Vorwärts, Tier! Ksch! Ksch! Vorwärts, Tier, Tier, Tier!“ Da, ohne sich noch einmal umzusehen, beginnt das Schwein zu rennen, durchrennt die Tulpenrabatten des Amtsgartens, stürmt unter Geschnauf und Gegrunz aus dem Tor, überquert die Zweidungener Landstraße und entfernt sich, indem es meinen Blicken entschwindet, in Richtung des Elzumer und Groß-Brackenroder Forstes.

Erst Minuten später – Sterba war in den Garten hinausgetreten, um die Spuren des Wildschweines in den Rabatten zu verharken, - war Spoon in der Lage, mir das Telefon noch einmal entgegenzutragen. Entgeistert sah ich es an, erinnerte mich an zwo-null-vier, war aber jetzt unsicher, ob wir uns angesichts des widersetzlichen Sterba noch in einem Notfalle befanden. Auch wurden schon jetzt die ersten Stimmen laut, die Sterba einen Helden, nicht aber einen Widersetzlichen nannten. Sollte ich ihn unter diesen Umständen anzeigen? Ich wusste es nicht, entschied mich, gar nichts zu tun, und rief zunächst die Leute, vor allem Frau Flammery – des Kotes halber, später auch Erich Sterba an die Arbeit zurück. Um, wie in einem solchen Fall vorgeschrieben ist, eine Atmosphäre vertrauensvoller Ruhe zu verbreiten, ging ich darauf mit knarrenden Stiefeln, schulterklopfend und witzelnd unter den wieder sitzenden Beamten umher, bemerkte indessen, dass man, je weiter der Tag vorrückte, hierauf immer weniger

Acht hatte, stattdessen mich beobachtete, und zwar daraufhin, was ich zu Sterba sagen, wie ich mich zu Sterba stellen würde.

Nun, gerade das war es, was ich nicht wusste. Ich konnte folglich in dieser Richtung nichts tun, und der Tag musste vergehen, ohne dass etwas Entscheidendes zu Sterba – oder wenigstens zu den anderen Beamten – gesagt worden war.

Am nächsten Tag war die Situation natürlich aber nicht weniger schwierig, am übernächsten ebenfalls nicht, denn die Lage, in der ich mich befand, blieb immer die gleiche. Ich wusste einfach nicht, wie ich mein persönliches Verhältnis zu Sterba gestalten sollte, ich weiß es, offen gesagt, auf diese Weise bis heute noch nicht, und als Folge hiervon ist inzwischen das ganze Unteramt unsicher geworden: Wie früher kommt Sterba täglich zur Arbeit, sitzt brav über den Akten, verrechnet sich nicht, beaufsichtigt Gold, Richards und Spoon, alles – als wäre eine besondere Meinung über ihn durchaus unnötig, niemand aber weiß, ob dieser Mann verdammungswürdig oder gar auszuzeichnen ist. Zwar neigt sich die Waagschale in letzter Zeit mehr und mehr zugunsten des Sterba, es sind Tatsachen wie ein Lobschreiben des Tierschutzvereines, auch die Verleihung einer Ehrennadel des Sauenhatzvereins Zweidorf-Zweidungen nicht zu übersehen, doch kann es sich hierbei ja nicht um ein letztes Wort handeln. Dieses letzte Wort kann nur das Amt sprechen, das Oberamt, lieber Landrat. Lassen Sie mich darum bald wissen, wie wir jenem Erich Sterba und damit unserer noch immer anhaltenden seelischen Verwirrung begegnen sollen.

DER STOLZ DES VATERS

Meine Töchter! Was, Hulsch? Meine Töchter! Du hast nur einen Sohn, der klaut und Hurerei treibt. Aber diese Töchter! Hulsch, Hulsch, Hulsch!

Du hast sie ja gesehen, vom Grill-Floß, vom Fluss aus. Oben auf dem Balkon; hatten Mandolinen gezückt, sangen wie die Grillen, die sechs Kerle, anständig gekleidet wie die Oberkellner, um sie rum. Und doch, und doch!

Vor 25 Jahren habe ich sie gezeugt. Hab es nicht gewusst, Hulsch! Wie soll ein Kerl, der rackelt, auch wissen, ob´s funkt oder nicht. Hab sie also gezeugt und wusste es nicht. So war´s.

Meine Frau hieß Rosa. War fett. Meine Frau war fett, Hulsch; und ich hab sie viel geprügelt. Hab sie Tag und Nacht geprügelt, Hulsch, Tag und Nacht, aber sie lief nicht weg. Warum hab ich sie geprügelt? Weil sie es sich gefallen ließ, was? Ja, kann schon so passiert sein. Sie ließ es sich gefallen, und ich prügelte in ihr hilfloses Fett hinein. So war´s Jahre lang.

Eines Tages lief ich weg, machte glatt die Flatter, lief weg, weil´s mir stank. Was sollte ich da immer am Fluss leben und prügeln, wozu?

Sie besaß das Haus, weißt du, in dem wir wohnten, Flusslage, drei Stockwerke, ganz oben wohnten wir. VielZaster. Da war viel Zaster drin, mein Lieber. Aber sie starb ja nicht, dass ich´s erben konnte. Starb einfach nicht, und sie brachte auch sonst nichts ein außer den Mieten.

Irgendwo musste aber Geld herkommen, was? Bisschen mehr Geld. Wozu sonst leben? Ich jagte sie auf die Straße. Echt. Jagte meine eigene Frau auf die Straße. Gibt doch Freier genug, die auf fette Weiber stehen, was? Ja, das ahnte ich damals schon, aber´s ist wirklich wahr, hab´s dann später massenweise erfahren. Gut gelebt dabei, hab gut dabei gelebt, keine Frage.

Tja, aber da stand sie nun auf der Straße am Fluss, brachte nichts. Stand auf der Straße und brachte keine Pimperlinge und keine Gickelinge ein. Ich stand oben am Fenster und sah das. Sah, wie sie da stand bei jedem Wetter. Stand da, und das alberne riesige Streifenkleid flatterte so albern um ihren riesigen Leib herum. Glaubst du, sie hätte mal´n Freier angesprochen oder wäre weiter in die Stadt rein gegangen? Nichts! Nichts, Hulsch. Ich soff vor Verzweiflung, aber sie kam nach Haus und weinte und hatte keinen Zaster und ließ sich prügeln.

Wo sollte das hin? Sie wär noch wirklich gestorben am Ende und hätte mich in den Knast einfahren lassen.
Weiß Gott! Gott der Herr weiß es. Als Mörder. Ich wär als Mörder in den Knast gekommen, verstehst du?

An dem Tag, an dem ich weglief, lag sie da, lag auf dem Bett, die weißen, fetten Beine angewinkelt, und schlief. Ich lief abends weg, früher Abend war´s, Juli, heiß im dritten Stock, die Holzdecke knarrte. Ich hatte die Hose ausgezogen und wollte an sie ran, aber ich zog die Hose wieder an; mir war mehr nach weglaufen.

Meine Frau lag da und wimmerte leise. Fiepte wie ein Hund. Ahnte sie was? Weiß Gott, warum sie so fiepte. Vielleicht bekam sie Schläge im Traum. Aber ich wollte nicht mehr, nein, ich wollt´s nicht mehr haben!

„Nicht mehr von mir“, sagte ich laut, „keine Schläge mehr von mir, du!“

Wir hatten einiges Geld in der Kassette hinterm Radio. Ich nahm´s mit, stieg zur Rolla hinab, nahm den Sonntags-Ausflugs-Kahn von der Kette. Hatte ein tolles Gefühl, wie ich da einstieg. Das Wasser gluckste. Ratten rannten am Ufer längs.

25 Jahre blieb ich weg, Hulsch. Tolle Jahre, Hulsch. Du weißt, ich kam nach Chikago, hatte immer süße Girls, die ranschafften. Hatte da zuerst einen Zigarrenladen mit einem Zigarrenfräulein als shopping-assistant, die schaffte als erste ran. Wirklich, das war ein Rübensüßchen, ja, und ich ihr fähiger Loddel, ich schwör´s dir.

Na, nicht alles war aber von Anfang an so toll. Wie ich über´n Ozean schiffte, war nämlich Kamerad Spintig dabei. Den hab ich noch nicht erwähnt, Hulsch. Aber dabei war er doch, und später im Zigarrenladen auch. Guter Kumpel, Oskar Spintig hieß er, spillerig wie ´ne Bohnenstange ohne Bohnen dran, das war Spintig. War gewissermaßen mein Unterlude, nicht faul im Geschäft, gar nicht faul. Dieser Spintig machte, bevor alles lief, viel Kopfzerbrechen. Brannte nach einem halben Jahr plötzlich durch. Mit ´nem geklauten Rolls Royce und all dem Miezengeld und all dem Zigarrenzaster. War aber nach sechs Wochen wieder da, hatte das Geld wieder dabei und noch ein bisschen mehr. Da bringt er, neben dem Geld, aus Deutschland die Nachricht, meine Frau hat twins niedergebracht, Zwillinge, weiblich, Yasmin und Christa.

Na, mir war´s gleich, Hulsch. Ein Weib allein in Deutschland, oder ein Weib mit zwei twins, wo war der Unterschied? Ich hatte meinen Spintig und meine Pennies wieder, hatte meine Zigarren und meine Girls, was konnte die Welt mir anhaben?

Spintig brannte dann noch öfter durch. Komischer, spilleriger Dürrländer das. Wenn er fort war, abends, wenn die Ischen arbeiteten, wenn der Laden zu war, wenn ich Kasse gemacht hatte, dachte ich manchmal an die in Deutschland und das Haus am Fluss, in dem sie lebten: 200 000 Dollar, Hulsch, 200 000 Dollar, weiß Gott, das war´s wert! Hätte ich 200 000 Dollar gehabt! Eigenes Haus mit Schwimmbad! Rolls Royce! Noch schönere Weiber! Hui!

Ich dachte, die in Deutschland wüssten nicht, wo ich in den States lebte. Aber sie wussten´s doch! Wussten´s durch den verrückten Spintig. Erst jüngst, als ich noch drüben war, ist er wieder fort, da kommt erst ein Brief von ihm, dann von meiner ersten Tochter. Großer Himmel, von meiner älteren Tochter Yasmin kommt ein Brief, nach 25 Jahren. „Komm nach Haus“, schreibt der Spintig, „roll home, deine Frau liegt im Sterben.“ – „Aber nein, komm nicht“, schreibt Yasmin, „der Spintig schreibt, du sollst kommen, aber du sollst nicht kommen, denn du warst ein Leben lang nicht hier und überhaupt ein treuloses Gewächs, Punkt, Yasmin.“

Na – was, Hulsch, da dacht ich doch natürlich ans Erben, wie? Was anderes konnte man da nicht denken, und los fuhr ich, nichts wie los!

Du weißt, Hulsch, dass ich zu Haus in der Stadt am ersten Abend gleich gesoffen habe, denn du hast mir im „Droschkenkutscher“ den Whisky vom Tisch gerissen und mich angepowert, ich sollte rein in die Höhle des Löwen. Hatte lange keine Traute, Hulsch, um ins Haus an der Rolla zu gehen. Keine Traute, ich, der Lude, der Ludenkämpfe und Straßenkämpfe durchgestanden hat, keine Traute, der Himmel ist mein Zeuge. Am nächsten Nachmittag, heißer Nachmittag, heiß – heiß, brühheiß, da blieben die Ratten im Wasser vor Hitze, das war der Nachmittag, an dem wir auf dem Grill-Floß mit Bratwürsten am Haus vorbeigefahren sind. Da waren die Töchter mit den sechs Kerlen auf dem Balkon. Am dritten Tag – gegen Abend – bin ich dann rein ins Haus. Bin rein und wusste nicht, ob nicht die sechs verdammten Kerle irgendwo lauerten. Bin da reingeschlichen, den 25-jährigen Schlüssel von damals in der Tasche, lautlos. Nur der verdammte Schlüssel klimperte mit den anderen Schlüsseln und war lauter als alles andere.

Wie ich im dritten Stock aufschließe: immer noch alles still, niemand da. Die alten Bilder noch an den Wänden. Feldsträuße, Pferde auf der Weide, Reiter in roten Anzügen, Bäume. Sonst aber nichts mehr wie damals. Ein riesiger Tisch in der Mitte. Die Wände zum Schlafzimmer raus, ein riesiger Raum. Matratzen auf den Fußböden, eine an der anderen, Bettzeug auf den Matratzen, ein Pfad durch die Matratzen zum Tisch, ein anderer Pfad zu einem Bett an der Wand.

Den Pfad entlang aber starrt jemand auf mich. Aufgerissene Augen unter wild auf dem Kopfkissen verteilten Haaren: tot. Kalkweiß und tot, Hulsch. Ich gehe zum Fenster, sehe hinaus auf die Rolla, die da im Dämmerlicht schummerig fließt, schiele von dort auf die Tote: Es ist Rosa. Rosa, nicht mehr so fett, spitzig und aus Wachs. Eine harte Linie läuft ihr ums Kinn, dick wie ein Bindfaden, läuft wie der Kinnriemen beim Pferd ums Kinn herum und auf beiden Seiten ebenso dick zur Nase, wo sie anhält. Unter dem Kinn ist eine Wunde sichtbar. Eine große Wunde, in der etwas wie ein Stöpsel steckt, groß, grauweiß und spitzig.

Na gut, denk ich, gut gut, sie lag im Sterben, jetzt ist sie tot. Da fängt´s im Treppenhaus an zu kreischen. Frauenstimmen. Männerstimmen dazu, Fußgetrappel. Wie ich im Schreck noch schnell an die Wunde fasse, ist es Klopapier, so wahr mir Gott helfe und ich der Vater von zwei Töchtern bin! Mein Blick irrt, da seh ich einen Schürhaken zu Füßen der Toten, den Totenschein auf dem Nachttisch, darauf ein grünes Marmeladenglas mit Flüssigkeit.

Gift, denk ich und will´s untersuchen, Gift! Aber da öffnet sich schon die Tür, eine Frauenstimme kreischt, zwei junge Mädchen stehen in der Tür, wasserblaue Augen, strohblonde Haare, Miniröcke, peepsch und allerliebst.

„Schultreck! Roderich! Fritz!" kreischt die Frauenstimme.

„Ich bin der Vater", sag ich mit letzter Kraft, „seid ihr die Töchter?"

Ja, sie waren's, Hulsch, es waren meine Töchter, aber sie waren nicht allein gekommen. Schultreck, Roderich und Fritz preschten herein wie eine Meute Hunde, dann noch mehr, immer mehr Kerle, preschten herein, mahmen am Tisch Platz und flogen dann wie Gummibälle auf die Matratzen. Da saße sie, sechs oder sieben davon, die Köpfe auf den Knien. Die Töchter setzten sich zu mir an den Tisch. Lächelten.

Es war schwierig, Hulsch, sie sagten nichts – und ich sagte auch nichts, lange Zeit, bis ich endlich meinen Ausweis hervorzog und wiederholte:

„Ich bin der Vater."

„Ich bin Yasmin", sagt darauf die, die mir am nächsten sitzt, „das da ist Christa."

„Ja", sag ich, „ja, das freut mich."

Und nach einer Weile:

„Was ist mit Rosa?"

„Na, was soll sein?", sagt Yasmin.

Und ich sage:

„Gut gut. Und was ist mit dem Schürhaken?"

Da sagt Yasmin – nicht ohne Wimpernzucken, Hulsch, nicht ganz ohne Wimpernzucken, aber mit fester und ganz liebenswürdiger Stimme, sagt:

„Wir mussten sie oft damit bedrohen, wenn sie nicht artig war."

„Musstet ... sie bedrohen? Mit dem Schürhaken?", schreie ich. Dann bleibt mir der Mund offen stehen. Aber wie ich noch sitze und mit mir ringe, ob ich noch was sagen oder schreien soll, prescht wieder dieser Schultreck vor. Breitschultrig. Breitschultriger Bosnickel das, offenes Hemd, schwarze dünndrahtige Haare drunter. Prescht vor, starrt, setzt das grüne Marmeladenglas mit dem Gift vor mir auf den Tisch. Dann noch mal. Dreimal. Klacks, klacks, klacks.

„Trink, Opa, trink! Der Opa braucht Medizin, was?"

Klang schauerlich, Hulsch, ehrlich. Brüllte nämlich wie ein Bulle, der Kerl. Und ein Bulle im Zimmer, nein, Hulsch. Das brüllte in mich rein bis in den Unterleib.

„Yasmin", sag ich zittrig, „Yasmin, ich bin ganz gesund. Hörst du?"

Und Yasmin? Yasmin nickt. Nickt ganz vertraut. Lächelt, als hätt´ sie mir schon tausendmal zugelächelt. Legt mir die Hand auf die Schulter. Christa lächelt auch.

„Schultreck hat schon recht, Papachen."

„Was?"

„Er kann nämlich Gedanken lesen, und wir können auch Gedanken lesen, verstehst du wohl, Papachen, und weißt du, was wir da alle lesen?"

„He?"

„Wir lesen, dass du jetzt gehen willst ..."

Sie blickten beide in die Runde, als dies gesagt worden war. Blickten auf die Matratzen. Da nickten auch die verdammten Matratzenkerle und grinsten sogar: Gehen, gehen – ja, ich sollte nichts als gehen, das wollten sie von mir.

Also ging ich; ging vorsichtig zur Tür, Hulsch, immer sichernd, ob nicht einer mit dem Schürhaken oder mit dem Gift hinterher kam. Als ich schon den Türgriff fasse, schon aufatme, kommt vom Tisch her ein dünnes Stimmchen, dünn wie Zwirn, ein Mäusestimmchen:

„He, übrigens..."

„Ja, was?!

Ich bleib stehen. Da sitzt meine jüngere Tochter Christa auf dem Tisch, die bloßen prallen Oberschenkel unter dem Röckchen zur Schau gestellt, schüttelt das Blondhaar:

„Übrigens, Mutter Rosa hat uns das Haus vererbt..."

„Hat euch ... Ach?", sag ich.

„Ja, uns allein, weißt du, Papachen. Du stellst doch keine Ansprüche?"

„He?"

Oh, ich wollte gar nicht widersprechen, Hulsch, ehrlich nicht. Aber da waren plötzlich zwei Gorillatatzen auf meiner Schulter. Waren da, um mich zu strafen. Dann wieder die Bullenstimme. Die kam aus den Tatzen. Wirklich, die Bullenstimme kam aus den Tatzen:

„Erbansprüche?"

„Erbansprüche?", brüllte ich. „Nein! Ich? Oh nein, oh nein!"

„Denn wenn doch", sagt die Bullenstimme, während die Tatzen mich abwärts, kniewärts drücken, „so wärst du ein komischer Opa. Sehr komisch. Ein Opa sollte vererben, weißt du, nicht erben! Denn sonst ist er krank."

Vor Angst und Schmerz fing ich an zu schreien. Ich schrie ganz laut. Wie im Alptraum.

„Christa!", glaube ich, schrie ich. „Yasmin!", schrie ich. „Nehmt doch den Mann, den furchtbaren Mann weg!"

Wirklich machte Yasmin ein Zeichen mit der Hand. Die Gorillatatzen ließen los. Yasmin kam auf mich zu, legte mir wieder die Hand auf die Schulter, flüsterte:

„Schultreck hat recht, weißt du, hat im Grunde recht. Dann ist der liebe Opa krank und braucht Medizin. Und wir müssten ihm folgen, weißt du, ihm überall hin folgen und ihm sein Tränklein reichen, überall hin, da sei sicher!"

Irgendwie ging endlich die Tür auf. Irgendwie ging sie wieder zu, und irgendwie kam ich die Treppe runter. Wie ein Geist, Hulsch. Fledermausartig, Hulsch. Wie ein fledermausartiger Geist, Hulsch.

Draußen, als ich Luft hatte, setzte ich mich an den Fluss und stand nicht wieder auf. Die Rolla gurgelte noch wie vor

25 Jahren. Ein Boot lag nicht mehr am Steg. Duster war´s. Keine Sterne. Aber still war´s nicht. Nein, still nicht, denn es quiekte etwas, quiekte von nah oder fern. Waren´s Ratten?

Hulsch, ehrlich, ich dachte lange, es wären Ratten. Aber zu schrill war´s, zu langgezogen. Qui-i-i-iek. Nein, du rätst es nicht, mein Lieber. Du nicht mit deinem einzigen artigen Sohn. Die Töchter waren´s. So wahr ich krimineller bin als du, Hulsch. Die eigenen Töchter waren´s. Die Kerle nahmen sie jetzt vor, weiß Gott, und sie quiekten hinter ihrem alten Vater her. Sie waren mir über, Hulsch, in jeder Beziehung, verstehst du. Der Geier soll´s holen, wenn ich nicht trotz allem stolz auf sie war.

GEFLÜSTER VOR ANBRUCH DES TAGES

Robert hatte Jakobsen nach dem Trinkgelage, auf dem er mit ihm die Wette abgeschlossen hatte, zum Bus gebracht; die schreienden Stimmen für und wider die Wette waren längst verstummt, und er war nun allein, fand sich im Schulhause, in dem er wohnte, kriechend auf dem dunklen Gang zum Klassenraum wieder.

Pass auf, Jakobsen, dachte er jetzt zum letzten Mal, die Wohnungstür ist abgeschlossen, und ich werde also die Frau einfach aus dem Fenster herausgehen lassen, denn dies ist etwas sehr Leichtes für mich, denn sie tut ohne Widerrede, was immer ich verlange, aus Liebe, verstehst du – diese Wette hast du verloren! – Dann stutzte er – wie schon viele Male vorher – vor der Einfachheit dieses Gedankens, nickte jedoch, nachdem er das Gleichgewicht einige Male von einem Knie auf das andere geworfen hatte, sich selbst zu und sagte laut:

„Allerdings, Jakobsen, wenn ihr Zimmer kein Licht mehr hätte, wenn die Nacht in ihrem Zimmer finster wäre wie die Nächte in den geschlossenen Wirtshäusern, ja, wenn sie nicht wartete, wollte ich das Kunststück nicht von ihr verlangen und die Wette verlieren ... Aber ...“ Er legte die Stirn an das Holz der Klassentür und erstarrte einen Augenblick: „... Aber sie tut alles für mich, a l l e s , sie bringt jedes Opfer, das sagte ich wohl? Darum kann ja auch das Licht in ihrem Zimmer nicht erloschen sein, weißt du! Sie wartet nämlich auf mich, Jakobsen! Sie wartet, dass ich komme und sie streichele – immer wartet sie, weil sie mich so liebt. Verstehst du? Und darum muss sie jetzt aus dem Fenster gehen, genau darum, so war's abgemacht."

Die Gedanken abstreifend, presste er endlich sein schwankendes Gewicht von den Fußspitzen her in die Höhe und betrat den Klassenraum. Schnell und zielstrebig – wie eine riesige Echse – robbte er sich über die Banklehnen an den geöffneten Fenstern vorbei bis zu dem finsteren Klotz des Lehrerpultes, setzte eine Weinflasche auf das Pult und warf beide Arme wie Lassos nach ihr aus, um sich daran zum Pult hinüberzuziehen. Nach mehreren Versuchen verlor er das Gleichgewicht, die Weinflasche flog unter den Lassoarmen fort, und er glitt von den Banklehnen herab neben einen Haufen Turnseile, der vor dem Pult lag.

„Also gut, ich bin vor die Seile gefallen", stöhnte er, indem er erschrocken vom Pult fort in den Garten hinaussah, „also gut, dies ist ein Zeichen, dass die Seile noch nicht helfen wollen, das Kunststück zu machen. Kann das nun daher kommen, dass das Licht in ihrem Zimmer vielleicht nur in meiner Phantasie gebrannt hat und dass sie n i c h t bei dem Licht auf dem einsamen Holzhocker sitzt und das Haar auflöst und wartet, bis ich kommen und das Haar streicheln muss?"

Er stieß die Seile fort, tastete sich an dem rissigen Holz der Aktenschränke entlang zum Fenster und turnte, um sofort Gewissheit zu erlangen, mit schlenkernden Beinen in den Garten hinaus. Als er von hier über die Schaumflecken der blühenden Ginsterbüsche zu den Etagenfenstern hinaufspähte, erstaunte er vor dem nicht erwarteten Anblick stiller Friedlichkeit: Die Fenster blickten kühl wie dunkelgrüne Spiegel aus der Hauswand, die Hauswand selbst trug die

Fenster wie schlafend in grauer Schwere, und das Haus stand da, eingebettet in die Ginsterbüsche, fast als atme es vor sich hin und kenne keine Gefahr.

Minutenlang schon hatte Robert darauf hingestarrt, als ihm plötzlich bewusst wurde, dass er durch eins der Fenster einen Frauenkopf unter aufgelöstem Haar anblickte. Er streckte sich wieder lang aus, robbte sich ein Stück weiter unter einen allein stehenden Busch und blickte, die Hände wie Scheuklappen an die Augen gelegt, durch den hellen Blütenschaum zu dem Fenster zurück. Da sah er das Licht, fern – hinter den Mauern versteckt, winzig und zwinkernd in der Zimmerecke. Die finstergrüne Dämmerung des Zimmers, vor der der Kopf der Frau stand, barg das Gezwinker, wie man ein heimliches Feuer vergeblich unter einem Mantel birgt. Robert spreizte die vor die Augen gebogenen Finger auseinander, um die Lichtpünktchen besser einfangen zu können, aber als sie ihm in schmerzenden grau-weißen Stichen kräftiger in die Augen drangen, ließ er sich in den Ginster zurücksinken, um nichts mehr zu sehen, und als er dort lag, sagte eine Stimme i h r e Stimme, oder war es der Ginster, der sprach? :“Bist du es, Robert?“ „Ja, ich bin es“, flüsterte Robert, „Jakobsen ist fort, alle sind fort, du hast wohl gerade schlafen wollen? Das tut mir leid.“ – „Ohne dich?“ sagte die Stimme mit sanftem Vorwurf. – „Wie?“ – „ Schlafen? Wie denn? – Ohne dich?“ sagte die Stimme.

„Nein? – Nein?“ – Robert schrie fast, dann senkte er die Stimme und sprach langsam und beruhigend, aber in sinnlosen Sätzen zu dem Fenster hinauf. Zuletzt setzte er klar hinzu: „Ich kann nicht zu dir; der Schlüssel ist fort!“

Der Schatten am Fenster zuckte zusammen, seine stumpfen Armenden fuhren durch das brettartig niederschaukelnde Haar, als sei etwas Verzweifeltes geschehen.

„Wie? Ach, ist das böse! – Das ist böse! Hast du ihn gesucht?"

„Fort! Unser einziger Schlüssel!" schrie Robert. „Ich kann nicht hinein zu dir, und du kannst nicht hinaus zu mir, denn die Tür ist ja doch abgeschlossen, - oh!" – „Ja, ich höre! Ich höre! Ach, mein Armer!"

„Jajaja! Ich habe ihn verloren, ich habe den Schlüssel ge sucht und nicht wiedergefunden! Aber du willst doch nicht deshalb allein bleiben und einsam sein – einsam eine lange Nacht hindurch, - wie?" Während er noch sprach, begann er hastig zu winken und ihr lächelnd zuzunicken, als hielte er geheimnisvolle Überraschungen bereit. Dann kroch er, immer noch winkend, zu den Klassenfenstern zurück und verschwand dort nach einem plötzlichen Klimmzug in der Klasse. Sekunden später, als die Stimme am Fenster noch den Ruf des Erstaunens ausstieß, tauchte er wieder auf und schwenkte das Bündel Turnseile in der Hand.

„Fühl nur die Luft, es ist so warm!" rief er, sofort in den Garten zurücksetzend. „Wärmer als man Frühlingsnächte träumen kann, - und es wird ja ein festes Seil, ein hartes, langes Seil, das macht alles so leicht, nicht wahr? In einem Knoten mit Schleifen darauf bindest du das eine der Enden an der Heizung fest ... Das Kunststück geht dann wie im Spiel, wie ein Singen im Traum! Ich werde dabei lachen, lachen, hör nur zu, hör nur ..."

Wieder im Garten, hielt er inne – lauschend, als sei er der Wirkung seiner Worte nicht mehr sicher. Ein fremdes, erschrockenes Schweigen blickte ihn aus den Ginsterbüschen an, und er sah, wie die Gestalt am Fenster, ungläubig horchend, mit beiden Händen die Ohrmuschel zu einem Hörrohr verlängerte. Vorsichtig den Augenblick nützend, hob er sich endlich auf die Zehenspitzen, verlängerte die gespitzten Lippen mit beiden Händen zu einem Sprachrohr und flüsterte gegen das Hörrohr im Fenster:

„Du lässt dich ganz einfach herunter, hast du begriffen? Dann bis du nicht so allein mit der warmen Nacht, he? Dann kann ich dich streicheln, ganz sanft, ganz sanft, und wenn die Nachtigallen bald zu schlagen anfangen, bist du nicht mehr eingesperrt ...“

Die Gestalt, noch tiefer in den Garten hinausgeneigt, erstarrte, dass sie dastand wie eine Schnitzpuppe: „Das ist doch ein Ulk, Robert?“ flüsterte sie. „Du, - ein Ulk, den du mit Jakobsen ausgedacht und ... gezaubert – aus dem Wein hervorgezaubert hast, nicht wahr? – Nicht wahr?“

Sie bewegte sich noch immer nicht, aber sie sprach weiter und weiter, und ihre Worte wurden lauter und angstvoller. Robert fühlte, wie sein Gewicht, das er noch auf den Zehen hielt, unter der erregten Stimme auf die Hacken zurücksank, wie er darauf tiefer und tiefer sank, und als er sich jetzt bückte und die Seile zusammenknotete, war ihm, als presse ihn die herankriechende Angst, die er in der Stimme über sich spürte, flach auf den Boden.

„Ulk?“ rief er, während er mühsam den von selbst sinkenden Blick auf das Fenster hielt. „Wohl, ich begreife, du lässt dich von der Erregung verwirren! Behalte du aber Ruhe, pst – denn ohne Ruhe schaffst du das Kunststück nicht und fällst ... fällst tief! Und hier ist nichts, das dich auffangen könnte, gar nichts als die harte Erde unter den Büschen.“

Er bückte sich tiefer, legte hastig das geknotete Seil zusammen, schwang es eine Weile über seinem Kopf, den er auch jetzt noch gesenkt hielt, und ließ es los. Als das Seil wie ein verschnürtes Paket durch das Fenster flog, wurde die Stimme über ihm einen Augenblick noch einmal heller, hell wie Vogelgezirp, und brach erschrocken ab. Dann verschwand der Kopf am Fenster, das Seil, das er hinaufgeworfen hatte, ringelte sich herab, zitternd wie ein Strahl Wasser, und Robert wandte sich ab und starrte auf die Büsche, die dem Haus gegenüberstanden. Sein Mund, jäh von einer tiefen Faltenrinne umzogen, klappte wie von selbst auf, aber ehe er den Warnruf ausstoßen konnte, den er jetzt in sich fühlte, hörte er schon den Körper in seinem Rücken leise die Erde berühren. Dann begannen von dort die regelmäßigen Schritte, die er gefürchtet hatte.

„Sie ist nicht abgestürzt“, flüsterte er in den schlafenden Ginster hinein. „Hörst du, Jakobsen, sie ist nicht abgestürzt. Jetzt folgt sie mir! Hörst du sie? Sie folgt mir. Muss ich sie jetzt küssen, Jakobsen, muss ich sie streicheln, weil sie auch dies noch für mich getan hat? Muss ich ... sie ... jetzt ... küssen, Jakobsen?“

Er brach ab, lauschte – den Kopf hin- und herwiegend – als müsse Antwort kommen. Aber da war nichts zu hören als die Schritte der Frau, die unerbittlich näher kamen.

DER HEIRATSKANDIDAT

Wirklich, ich schwöre: ein Muttersöhnchen zu sein, auch in späteren Jahren, ist kein Vergnügen. Aber ich war eins – bis ich fünfundzwanzig wurde. Fern von Gleichaltrigen, unter den stets wärmenden Fittichen meiner alleinerziehenden Mutter war ich aufgewachsen, zärtlich, trotz der Mutterwärme ein wenig kühl gehalten, lieb und artig, und hatte nicht auch nur die geringste Ahnung von den Härten des Lebens oder den Schmerzen der Einsamkeit und nicht die Idee einer Ahnung von Frauen. Dennoch war ich, merkwürdig genug, inmitten unserer stets überheizten Sechszimmerwohnung schließlich mannbar geworden, und als meine Mutter plötzlich starb, fand ich mich nach der ersten kummervollen Verwirrung ebenso plötzlich eines Morgens fest entschlossen zu heiraten.

In dieser Absicht, wohl ahnend, dass ich anders in ein Loch der Ratlosigkeit gefallen wäre, wankte ich nicht wieder, und als ich daher eine gute Weile im Internet und in den Zeitungen nach Bräuten gestöbert hatte, fand ich schließlich im Stadtblatt eine Annonce, in der ein „feuriges, anschmiegsames Mädel" einen „jungen, gutsit. Herrn lieben und verwöhnen" wollte, ein freundliches Anerbieten, das ich mit Abstand überzeugender fand als alle anderen. Also schrieb ich, mich ermutigend, eine ebenso freundliche Offerte, erhielt zwei Tage später Antwort darauf und saß wieder einen Tag später nach einer gefaxten Ankündigung im Zug nach Kulmersbüttel, der kleinen Nachbarstadt, in der Ludmilla von Stroheim wohnte.

Ludmilla war adlig, was mir sehr imponierte. Konnte ich nicht am Ende selber adlig werden, wenn ich etwa ihren Namen annahm? Außerdem hatte Ludmilla, wie sie mir schrieb, gerade mir, Günther Felmy, „von allen Bewerbern den Vorzug gegeben“, weil ich „eine wahrsch. grüblerische und evtl. poetische Natur“ war, Dinge, die zwar ganz und gar nicht zutrafen, aber doch dazu angetan waren, mir Ansehen zu verschaffen.

An der angegebenen Adresse fand ich einen alten blätterrauschenden Park, dahinter ein stattliches altes Haus mit vielen Stuckverzierungen und zwei Säulen mit Steinlöwen davor. Als ich an der Haustür klingelte, rumpelte es dahinter, eine gellende Stimme rief: „Nein, es ist der Annoncenfritze, der Annoncenfritze, hörst du; Milla, du bleibst hier!“

Dann ging die Tür auf.

„Felmy? Günther Felmy?“

Ich nickte. In der Tür stand ein sehr hochgewachsenes junges Mädchen in einem gestärkten weißen Kleid, eine riesige Hornbrille mit dicken Gläsern vor den Augen. Sie sah sich um, strich über ihr strähniges, lehmfarbenes Haar, rückte an den Affenschaukeln, die über den Ohren hingen, und setzte einen schwarzen Strohhut auf, der eine brüsk ragende Feder trug.

„Ludmilla. Ludmilla von Stroheim. Gehen wir ein bisschen, lieber Herr Felmy, ja?“

Wirklich wanderten wir los, schweigend, während Ludmilla sich bei mir einhängte. Sie kicherte leise, blieb mal bei gelb gestrichenen, mal bei grün gestrichenen Häusern stehen, ging dann weiter und kicherte wieder, bis wir plötzlich, ebenso schweigend, auf einer Bank vor einem Rasenflecken saßen, der von knorrigen, borkigen Bäumen umstanden war. Ludmilla, vielleicht in der Meinung, einiges an ihrer Aufmachung sei in meinen Augen verbesserungsbedürftig, zog sorgfältig ihren Rocksaum über ihre Knie, nahm dann Brille und Hut ab, drückte die rechte Hand an die rechte Affenschaukel, hielt mit der linken den Rocksaum fest und sah in die Ferne, wo Krähen vor der Sonne kreisten.

„Ein schöner Tag", sagte sie endlich, „ein sehr schöner Tag, aber – gucken Sie nicht ein wenig recht kritisch, Herr Felmy? Wie? Legen Sie vielleicht Wert auf Äußerlichkeiten? Doch? Ich finde allerdings, man sollte es nicht tun. Es gibt ja etwas Höheres. Es gibt eine tiefe und zugleich hohe Schönheit der Seele. Nicht wahr?"

Ich hustete. Eine Schönheit – der Seele? Himmel, hatte ich je über so etwas nachgedacht?

„Verstehe", sagte ich. „Oh ja – oh, Sie meinen ... rein seelisch, wie?"

„Oder nicht? Finden Sie das denn nicht, Herr Felmy? Gerade Sie – sollten es aber finden."

„Ich?" räusperte ich mich. „Oh, gerade ich?"

„Natürlich", sagte Ludmilla, „gerade Sie – so zart besaitet, nicht wahr? Aber sagen Sie mir noch etwas, Herr Felmy."

„Noch etwas?"

„Ja, jetzt, da wir uns bereits kennen, ist es gewiss nicht zu intim: Lieben Sie Blumen? Wie? Erzählen Sie mir jetzt etwas über Blumen, lieber Herr Felmy?"

Ich hustete wieder. Ich räusperte mich und hustete ab, um nur irgendetwas zu tun – griff dann irgendwohin –

schließlich zu ihrem Schoß hinüber, rückte am Jägerhut, der noch still dort ruhte, und zupfte an der Feder.

„Offen gesagt“, sagte ich, „ich finde, auch Äußerlichkeiten nicht ganz unwichtig: tatsächlich, auch Äußerlichkeiten können Glanz verleihen – Glamour, wie? Sie sollten sich zum Beispiel einen Föhn kaufen.“

Wirklich, das sagte ich, das kam von meinen Lippen: einen Föhn kaufen. – War ich jetzt ganz von Sinnen?

„Ach nein, einen Föhn?“ sagte Ludmilla.

„Ja, zum Föhnen. Damit Sie bauschiges Haar bekommen, hehehe.“

„Nein, wirklich, ha, Sie sind ein ulkiger Vogel“, sagte Ludmilla. „Ein Vogel Spaß, haha! – Aber sagen Sie doch – sagen Sie mir endlich, dichten Sie wirklich?“

„Ob ich ...“, sagte ich. „Oho, Sie meinen Gedichte, ob ich die ...“

„Ich dichte nämlich auch, wissen Sie. Auch auf Sie habe ich ein paar Gedichte gemacht, ein paar wilde Jamben, die die Schönheit Ihrer Seele beschreiben...“

„Die Schönheit meiner Seele, wirklich?“

Bei den letzten Worten war ich voller Schrecken von der Bank aufgesprungen. Ludmilla sah mich jetzt so merkwürdig an: die Augen hinter den Brillengläsern so winzig geworden, die Affenschaukeln an den Ohren zittrig, der Mund so schmachtend, die Lippen geschürzt. Meine Pulse begannen zu hämmern, Augen und Schläfen pochten heiß und schmerzten, so dass ich's nicht mehr aushielt, alle Kraft zusammennahm und fast schreiend hervorstieß:

„Es ist mir furchtbar peinlich, aber ich vertrag‘ keinen Stress – verstehen Sie – vertrag‘ keinen Stress und keine Peinlichkeiten mit Frauen und keine stressigen Frauen, nein, leben Sie wohl!“

Damit rannte ich schon, rannte und rannte mit stampfenden Füßen quer über das Rasenstück, über das wir noch eben geschaut hatten. Mein Gott, schoss es mir durch den Kopf, wenn alle so sind, wenn alle Frauen sind wie Ludmilla von Stroheim?

Dann saß ich wieder im Zug und äugte zum Waggonfenster hinaus auf den leeren steingrauen Bahnsteig. Nein, so sind die Frauen nicht, dachte ich, sie können nicht alle sein wie Ludmilla von Stroheim, - wie aber sind sie dann?

JACHHEIDES EHE

Egon Jachheide... ja, lassen Sie mich von Egon Jachheide erzählen, was ich von ihm selbst gehört habe! Der Jachheide, wissen Sie, das ist der milde Mann, der immerfort gütige Mensch mit dem großen, fleischigen Gesicht, von dem ich Ihnen erzählte, dass er vor zwei Monaten dieses junge Ding heiratete, dieses Mädchen aus der Spinnerstraße, erinnern Sie sich? Also dieser Egon Jachheide – er wohnt übrigens in einer Wohnung in der Elritzenstraße – ist zu dieser Frau von Anfang an einfach lächerlich gutherzig gewesen.

Jeden Tag brachte dieser Mann seiner Frau Blumen, stellen Sie sich das vor! Blumen? Ach, was rede ich! Einfach Blumen? Chrysanthemen brachte er, Chrysanthemen weiß und gelb, Forsythien brachte er, Orchideen und Mandelstämmchen, Mandelbäumchen brachte er, was weiß ich brachte er – und das, wie gesagt, jeden Tag! Außerdem brachte er der Frau noch Musikplatten aus der Stadt mit, „Will der Herr Graf den Tanz mit mir wagen?", „Jodeldidihöö" und andere Sachen, dann weitere Arien – zum Beispiel aus dem „Figaro" und aus ganz alten Meisterstücken, die schönsten Arien, die nur immer singbar sind, - aber damit, nein, auch damit nicht genug! Überdies war er auch tierlieb, brachte zum Beispiel einen Kanarienvogel mit, einen Kanarienvogel mit Bauer, mit Futternäpfen, mit Kanarienfutter, Singeperlen, Hänflingskuchen, Kanariensand und allem, was zu so einem Kanarienvogel dazugehört.

Ja, so war Egon Jachheide aus der Elritzenstraße, da könnte man denken, die Frau, die er da so plötzlich kennengelernt und ebenso schnell geheiratet hatte, hätte sich wie im Himmel gefühlt, nicht wahr? Ach, ach, aber nichts davon, gar nichts! Dieses Mädchen aus der Spinnerstraße, übrigens eine stämmige, leicht in Zorn zu bringende Person mit breitem Brustkorb und schrecklich breiten Hüften, dieses Mädchen hatte er stattdessen bald so verwöhnt, dass sie ihm nichts mehr dankte, nicht das Geringste mehr, ja, dass sie endlich anfing, seine Geschenke abzulehnen und, eigensinniger und eigensinniger, regelrecht über ihn hinwegzusteigen – ganz so wie über einen gutmütigen Köter, der am Fußboden liegt; wohl, das sage ich Ihnen: wie über einen Köter!

Wenn er, wenn Jachheide, als sie etwa eineinhalb Monate verheiratet waren, zum Beispiel Konfekt mitbrachte, dann fläzte sie sich in den Fauteuils herum, streckte die Beine, die übrigens hübsch waren, in die Luft und sagte nur:

„Bööööh! Schon wieder?“

„Bööh?“ sagte Jachheide darauf in seiner milden Art. „Aber Lucinde“, - sie, das Mädchen aus der Spinnerstraße, hieß nämlich Lucinde – „aber Lucinde, mein Hühnchen, sage das nicht, sage doch so etwas nicht zu mir, - oder isst du denn diese Art Konfekt und diese Bonbons wirklich nicht gern?“

„Bööööh“, sagte sie aber wieder, - einfach: „Bööööh!“ oder auch, kurz hervorgestoßen: „Bä! Bä!“, um ihn gewissermaßen zu zwicken, zu stechen und herauszufordern, doch er, Jachheide, ging nicht darauf ein, ging mild und voller Nachsicht darüber weg und brachte ihr, in der Hoffnung, dass ein gutes Herz schließlich doch Anerkennung finden und die Liebe den „Bock“, wie er das nannte, in ihr besiegen müsse, am nächsten Tag etwas Neues, womöglich noch viel Schöneres mit.

„Ich verzeihe dir, Cinde", konnte er dann sagen, „ich weiß ja, wie schwer du innerlich zu kämpfen hast... mit dieser kleinen Bosheit in dir! Ich verzeihe dir, dann wirst du das Böckchen am besten überwinden, nicht wahr?"

Ja, verzeihen! Verzeihen schön und gut, aber hätte er nur nicht verziehen! Dieses Verzeihen, diese unendliche Güte, das war es ja gerade, was diese Lucinde aus der Spinnerstraße auf den Abweg gebracht hatte, und diese Güte brachte sie noch immer weiter auf den Abweg. Endlich war es so weit, dass sie, obwohl sie sich nach außen weiter frech und aufsässig gab, regelrecht unter ihm litt. Sie konnte, wenn etwa dieser grundgütige Mann aus dem Geschäft kam, seinen milden, rücksichtsvollen Schritt – er trug, so sagt man, Kreppsohlen aus lauter Rücksicht – sie konnte diesen Schritt nicht mehr hören, ohne zusammenzuzucken und dann heimlich die Fäuste zu ballen. Sie konnte seine Geschenke nicht mehr sehen, ohne sich versucht zu fühlen, eine Szene zu machen. Sie konnte seine nachsichtig streichelnden Hände nicht mehr fühlen, seine nachsichtig einschmeichelnde Stimme nicht mehr hören, seine verzeihend sanft erhobenen Arme nicht mehr sehen, ohne sich in die Enge gezwängt zu sehen und ein verzweifeltes Drängen in sich zu spüren, so als sollte sie von innen gesprengt werden.

Als die Dinge so standen, brachte Egon Jachheide seiner Frau eines Tages etwas ganz Besonderes mit, nämlich einen lebendigen Hamster. Fein empfindend, wie er war, hatte Jachheide sehr wohl gespürt, dass sich das Verhältnis zu seiner Frau verschlimmert hatte, und da er nun einmal nicht anders konnte als gütig sein, hatte er es für das Beste gehalten, das verhärtete Herz der Frau durch ein solch rührendes Lebewesen wieder weich und gefügig zu machen.

Aus diesen Gründen brachte er also den Hamster mit, einen syrischen Goldhamster übrigens, ein Tier, wie es tierliebende Kinder viel haben, und an diesem Hamster -, ein, wie Sie sehen werden, bedauernswertes Häufchen Leben – sollte sich nun das, was heraufbeschworen war, mit aller Macht zeigen.

Egon Jachheide hatte selbstverständlich mit dem Tier den nötigen Käfig nebst Kletterleitern, Drehrädern und anderen sachgemäßen Hamsterspielzeugen, die nötigen Fress- und Saufnäpfchen, die nötige Sägemehlstreu und das nötige Körnerfutter eingekauft, und er stellte, als er an dem besagten Tag heimgekommen war, dies alles in der Mitte des Wohnzimmers vor seiner Frau auf den Tisch. Lucinde Jachheide saß derweil in einem Fauteuil und ballte, ihm zusehend, die Fäuste. Als der Hamster in dem Käfig zu rennen, sich mit seinen Hamsterhänden zu flöhen und – nach Art dieser Tiere – sogleich unbesorgt Futter zu hamstern anfing, warf sie ihm einen Blick zu, der, anstatt geworfen, eher wie ausgespuckt aussah, und sagte zu ihrem Mann:

„Eine Ratte! Hach, pfui! Das sieht aus wie eine Ratte! Bringst du jetzt zu allem anderen noch Ratten ins Haus? Eine Ratte, aber sie hat gar keinen Schwanz! Das ist ja garstig!"

Egon Jachheide strich seiner Frau, so mild er konnte, übers Haar und erwiderte zunächst nichts. Er war der Meinung, die Frau müsse jetzt vor allem von ihrem „Bock" abgelenkt werden, und er schaltete, um dies zu erreichen, einen kleinen, auf dem Tisch neben dem Hamster stehenden Plastik-

Springbrunnen an, ging dann mit möglichst unbesorgt aussehenden, tänzelnden Schritten im Zimmer auf und ab, trällerte ein Liedchen, hielt ab und zu die Hände über den stecknadeldünnen, kaum spürbaren Strahl des Springbrunnens und äußerte:

„Ah, das tut mal gut, so kühl! So kühl, weißt du, Cinde! Das tut mal den Nerven gut."

Frau Jachheide beruhigte sich aber hierdurch keineswegs. Durch die Ruhe, die ihr Mann an den Tag legte, und in der sie schon seine Verzeihung für alles das witterte, was sie etwa Böses tun würde, wuchs ihr Zorn im Gegenteil noch an. Als ihr Mann eine Weile in der beschriebenen Weise vor sich hingeträllert hatte, sprang sie auf, stampfte auf den Fußboden, dass Egon Jachheide und der Hamster in seinem Käfig zusammenschraken, und rief mit blitzenden Augen:

„Ich dulde keine Ratten in meinem Hause, auch dann nicht, wenn du trällerst! Hinaus! Hinaus mit der Ratte!"

Egon Jachheide hörte auf zu trällern, hörte auch auf, die Hände an den Strahl des Springbrunnens zu halten, und sagte sanft:

„Es... es ist doch aber ein Hamsterchen, Cindy!"

„Nein! Nein! Es ist eine Ratte!" schrie Frau Jachheide, durch diese äußerste Sanftmut noch mehr außer sich gebracht und schon halb hysterisch geworden. „Eine Ratte! Eine Ratte! Siehst du? Siehst du es?"

Und sie griff, nun völlig die Übersicht verlierend, in den Käfig, nahm den Hamster am Hals heraus, hielt ihn hoch – triumphierend, wie zum Beweis, dass er eine Ratte, nichts anderes als eine Ratte sei.

Egon Jachheide fing an zu zittern. Sie griff den Hamster so fest, seine Frau, der Hamster machte Schwimmbewegungen mit den Beinen, sein Kopf, der zwischen ihrem Daumen und ihrem lackierten Zeigefingernagel eingeklemmt war, zuckte hin und her, als enthielte er unsichtbare Federn, die ständig ruckartig sprangen, - wohin sollte das führen?

„Lass das! Lass ihn los,“ rief er endlich mit lauter, heiserer Stimme, - aber seine Frau, wilder und wilder in ihrem Zorn, ließ weder mit dem Daumen noch mit dem lackierten Ende des Zeigefingers los, und plötzlich hörte, während die Frau noch schrie: „Eine Ratte! Es ist eine Ratte!“, der Hamster auf zu zucken und hing leblos, gewissermaßen in aufgeregter Zottigkeit erstarrt, in ihrer Hand.

Egon Jachheide hielt die Hände vors Gesicht, sagte kein Wort und begann still zu weinen.

War seine frau einsichtig Nein, wozu denn? Nachdem sie den Hamster in den Mülleimer geworfen hatte, war sie fertig damit. Egon Jachheide aber weinte in der Nacht weiter, weinte immer noch, eine Wunde im herzen, die von da an sein Leben vergiftete. Tage und Wochen lief er einsilbig durch die Straßen, den Hut tief ins Gesicht gezogen, kam spät in der Nacht nach Hause und sprach nicht mit seiner Frau, nicht eimal darüber, dass er nach wie vor danach strebte, ihr zu verzeihen.

ROTSPON IM „GRÜNEN OBERFÖRSTER“

Zu der Zeit, als Hannes und Hanna Lorinsky hier am Ort noch den „Grünen Oberförster“ bewirtschafteten, kam die Beberlohn eines Tages aus dem Dorf, wo sie Einkäufe gemacht hatte, und brachte eine große Neuigkeit mit in die Küche. Es war gerade Ende August, Sonnenhut, blauer Eibisch und Sonnenaugen blühten, die jungen Mädchen trugen Sonnenhüte, groß wie Wagenräder, die Hanna Lorinsky in ihrer Werkstatt machte, kleine Kinder planschten halb nackt am Dorfteich, den die Großmütter bewachten, und der Altweibersommer fing eben an, durch die Schoberbecker Gärten zu fliegen.

Beberlohn war das Küchenmädchen. Jeder vom „Oberförsterpersonal“ mochte sie gern, denn sie war gut gewachsen, jederzeit frisch wie ein rotbackiger Apfel, dabei genauso frech, wie man sein muss, um nicht brav und langweilig zu wirken, und genauso brav, um nicht etwa als wirklich frech und unleidlich zu gelten.

Beberlohn also platzt eines schönen Morgens hinein in die Küche, hüpft an dem großen Herd entlang, wo ich Kaffee und Tee kochte, hüpft von Topf zu Topf, guckt in jeden hinein und ruft ein ums andere Mal:

„Sensation! Sensation!“

„Na nu“, sag ich, „schon wieder eine?“

Und sie sagt:

„Sensation! Es kommt ein goldner Wagen.“

„Ach nee!“ sag ich. „Mit ´nem Prinzen drin?“

„Nee“, sagt sie, „´n alter Knülch ist drin!“

„Ach was?“, sag ich, „ ´n alter Knülch?“

„Ja“, sagt sie , „´n steinalter Knülch. Hundert Jahre ist er alt, das ganze Dorf spricht davon. Hundert Jahre, stell dir vor, und fährt in so´nem goldenen Klapperkasten mit zwei Rössern davor durch die deutsche Landschaft, wo er alle Kneipen abklappert. War schon in Zweidungen, Groß-Rielsdorf und Dorstadt und kommt bestimmt auch hierher nach Schoberbeck.“

„Na, fein“, sag ich, „und was will er denn?“

„Ja, nun, man weiß es nicht“, sagt Beberlohn, „er schreit, glaube ich, über die Straßen und macht Randale. Will die Einwohnerlisten sehen! Ist vielleicht `n Spitzel vom Geheimdienst? Ein Verrückter? Hat `n weißen Bart, aber der ist vielleicht angeklebt, und die Falten in seinem Gesicht sind aufgemalt. Er trägt auch `n verdächtig langen grauen Mantel und hat Gamaschen an den Füßen und ... und er uriniert ... frei heraus uriniert er ... oder redet doch wenigstens vom Urinieren... Ich glaube, die Polizei ist hinter ihm her.“

Natürlich glaubte ich Beberlohn nicht recht. Beberlohn tischte immer Sensationen auf, wenn sie gut aufgelegt war. Diesmal aber sollte sich bald herausstellen, dass einiges dran war an ihren Erzählungen von dem Greis in der Kutsche und seinen Abenteuern, die, so schien es, in der reichlichen Hergabe von Urin gipfelten.

Zu dieser Zeit, ja, es kann an demselben Tag zum ersten Mal geschehen sein – tauchte Nachmittag für Nachmittag ein seltsamer Gast im „Grünen Oberförster“ auf, eine Dame – fast ganz in Schwarz, wenn nicht der weiß schimmernde Kragen ihrer Bluse gewesen wäre. Einen großen Tellerhut –

ebenfalls schwarz mit schwarzen Bändern auf dem Kopf – ‚saß sie ganz still am Fenster neben dem alten großen Eisenofen, der allerlei Orden an seinem Leib und eine Krone auf dem Kopf trug. Knorrige, windschiefe Apfelbäume mit roten und gelben Äpfeln sahen zu ihr von der Landstraße herein. Dahinter lag der Friedhof mit seiner spitzhütigen Kapelle und noch ferner die Harzberge, wie riesige grüne Igel, triefend vom Gold der Sonne, die sie einsaugten.

Die Dame aß immer Erdbeereis oder trank Rotspon, Stierblut aus Spanien, den wir im Fass hatten. Sie wirkte nicht alt, nicht jung, vielleicht war sie fünfzig, lächelte nie, und ihr Gesicht war auffällig herb – mit einem Schwung der Lippen, der kurz vor den Mundwinkeln noch einmal hart ausholte. Dieser Mund wirkte fast bitter. Na na, mit der ist nicht gut Kirschen essen, dachte ich oft, und Hannes, der Wirt, meinte sogar, sie wirke wie Adele Sandrock. Ich kannte Adele Sandrock nicht, keiner außer dem Wirt kannte sie, aber wir nannten unseren Gast mit dem Erdbeereis und dem Rotspon von da an nur noch „die Sandrock" oder einfach „Adele."

Auch ihr, Adele nämlich, blieb natürlich das Gerücht von dem fahrenden Greis in der Kutsche nicht verborgen. Eines Tages, als ich sie bediente – denn ich war nicht nur Koch, sondern wirtschaftete gewissermaßen als „Allerhand" im „Oberförster" herum -, blickte sie mich streng und scharf und ein wenig schief unter ihrem Hutrand hervor an und sagte:

„Ich liebe die Ruhe in Ihrer Lokalität. Eben, dass nichts passiert. Verstehen Sie?"

Ich wedelte als Zustimmung Krümel von ihrem Tisch, und sie nickte beifällig, fuhr dann aber in der alten Strenge fort:

„Ein komischer Lustgreis – oder wie immer man ihn in der Eile bezeichnen soll – Sie wissen, von wem ich spreche – droht hier zu erscheinen..."

„Gott möge es verhüten", sagte ich.

„...droht zu erscheinen", setzte sie aber fort, „und nicht Gott, sondern Sie werden Ihres Amtes walten müssen, es zu verhüten!"

„Oh, jederzeit und mit jederlei Mitteln", versetzte ich, nicht ohne das Krümelwedeln mit besonderer Sanftheit und besonderem Nachdruck zu verstärken. „Gnädige Frau können sich auf meinen starken Arm verlassen."

Der Mann aber in der Kutsche kam doch, und zwar schon am nächsten Tag. Drin in der Küche hatten wir, von Beberlohns Nachrichten hellhörig geworden, eben das ungewohnte Knören hölzener Speichenräder gehört und uns gerade zur Begutachtung des Gastes versammelt: Hannes Lorinsky, Hanna Lorinsky, vier Nachbarsleute, die zum Hühnerrupfen und –essen zu Besuch waren, Beberlohn und ich – da tritt er bereits ein: ein wirklich uralter Mensch, der knallblaue Gamaschen trägt, runzlig und kerbfaltig im Gesicht, mit einem eckigen, hornhäutigen Kopf und einem ebenso eckigen, weißen Kinnbart. Er war aber nicht laut, schrie nicht und lärmte nicht, stand nur aufrecht in der Tür, zurrte sich am Bart und sagte:

„Kamphenkel. Senator Kamphenkel. Man will hier in Ruhe Auskünfte holen, einige Auskünfte, hö?"

Damit, gefolgt von den Versammelten, immerfort ein wenig ächzend, tritt er langsam in die Gaststube, wo Adele angestrengt durch das Fensterglas auf die Dorfstraße guckt. Am Tisch neben ihr nimmt er Platz, Beberlohn schiebt ihm die Weinkarte zu, aber: „Bah!“ sagt er und schiebt sie weg, und Beberlohn, die immer sehr beharrlich ist, schiebt sie wieder zurück in Richtung seiner großen Hände, sagt:

„Ganz wie´s beliebt, der Herr; was denn für Auskünfte aber sollen´s wohl sein?“

Nun beginnt er eine lange Rede, die darauf hinausläuft, dass er wissen will, ob „drei deutsche Menschen“, er sagte wörtlich mehrmals „drei deutsche Menschen“, hier in Schoberbeck ansässig seien, nämlich Rosemarie Ast, Rosemarie Bärboom und Heinzi Müller, alle genau zwölf Jahre alt.

Beberlohn darauf, immer mit der Weinkarte drängend:

„Was sind denn das für Leute?“

Und als er nicht antwortet:

„Nein, sie wohnen hier nicht , nicht einmal in den Gräbern auf dem Friedhof.“

Als der Alte das Wort „Friedhof“ hört, horcht er auf, fischt, offenbar verlegen, einen alten Peitschenzwirn aus der Hosentasche, legt sich den Peitschenzwirn um den Hals, würgt sich damit, indem er hin- und herschaukelt, blickt aber dabei Beberlohn und alle Versammelten halb listig, halb drohend an und sagt:

„Du meinst wohl, sie sind tot?“

„Ich weiß nicht“, sagt Beberlohn. „Vielleicht sind sie tot, vielleicht nicht.“ Der Alte aber, sichtlich in Aufregung, würgt heftiger mit dem Peitschenzwirn, stößt hervor:

„Sie sind nämlich nicht tot! Sind nicht tot, hörst du! Gestern hab ich sie ja noch gesehen! Gestern noch! Und lustig war´s! Sehr lustig. Frei sind wir über die Felder gelaufen, Rosi, Heinzi und Rosemie, und frei gesungen haben wir: Heidi bum, heidi bum, bassa bum! Und frei uriniert haben wir und die Bäume gedüngt und uns frei geliebt, geliebt und geliebt, heidi bum, bassa bum, bassa bum..."

Er brach plötzlich ab, keuchend von seinem „bassa bum," rüttelte mit beiden Händen an den Revers seines halb offenen Mantels, als könne ihm das Kraft geben, sackte aber doch zusammen, hing mit den Schultern nach vorn im hängenden Mantel. Sogar seine Backen hingen und begrüßten traurig den Kinnbart, der darunter war.

Alle starrten ihn an. Er selbst aber starrte ausgerechnet Adele an. Adele wiederum, unter ihrem großen schwarzen Hut, blickt ganz kühl zu ihm zurück, offensichtlich indigniert, erhebt sich, räuspert sich, verlässt den Raum, kommt aber, kaum sie gegangen, plötzlich mit entschlossenen Schrittes zurück. Fast unvorhergesehen, obwohl ihr Manöver durch die Glasfenster im Gang sichtbar gewesen war, steht sie wieder in der Tür, groß und schwarz, geht auf den Alten zu, steht lange vor der zusammengesunkenen Gestalt, fährt plötzlich auf:

„Was steht ihr alle da? Holt Rotspon für den alten Mann, der Hilfe braucht!"

Da weichen alle zurück, weichen wie vor einem Gespenst, und als die Versammelten platt an den Wänden stehen und Beberlohn den Rotwein gebracht hat, beugt sich Adele über den Alten, nimmt eine seiner Hände, richtet ihn auf, reicht ihm den Pokal, und er trinkt den Wein, trinkt zwei schlürfende Schlucke und schmatzt.

„Nicht gestern“, sagt sie zu ihm, „nicht gestern kann es gewesen sein, dass Sie die Ast, die Bärboom und den Heinzi getroffen haben, nicht wahr? Nicht wahr?“

Er setzt den Wein ab, zittert leicht mit den Bartspitzen:

„Nicht? Nicht gestern? Dann sind sie aber nicht etwa doch tot?“ Er schreit fast: „Nicht doch tot?“

Da hebt Adele sanft ihre Hände gegen den alten Mann, sanft und beschwörend, atmet tief durch und sagt dann laut und entschieden:

„Nein, wie werden sie denn tot sein? Wie werden sie alle drei tot sein und Ihnen Kummer machen?“

Der Alte nickt, wedelt mit dem Peitschenzwirn, den er wieder hervorgekramt hat, hebt wieder sein Glas:

„Jaja, hab ich es nicht gesagt? Sie haben die drei auch in der Landschaft draußen herumfahren sehen, was?“

„Ja“, sagt Adele fest, „ja, ich habe sie auch gesehen, alle drei.“

Der Alte lächelt, steckt den Peitschenzwirn weg, holt ihn wieder vor, steckt ihn wieder weg und lächelt wieder.

„Kommen Sie, trinken wir zusammen! Trinken wir! Wo haben Sie sie denn gefunden? Im Schoberloch, was?“

Adele wischt sich den Schweiß von der Stirn, atmet wieder tief, lächelt freundlich zurück.

„Ach, Sie wollen jetzt auch hin, wie? Nein, aber das geht nicht, oh nein. Man sieht sie nicht mehr wirklich, wissen Sie. Alle drei nicht. Nur ich hab sie noch einmal gesehen. Ein einziges Mal noch. Denn sie leben jetzt nur noch verborgen, glauben Sie mir. Verborgen in Büschen, Bäumen und

Dachböden. Im Wind fliegen sie, in den Harzbergen schweben sie auf Nebeln und Wolken. Niemand sieht sie mehr.“

Der Kamphenkel sank im Stuhl zurück, lauschte auf ihre Worte, staunend, mit weit offenen Augen und schief gehaltenem Kopf, als sänge ein Vogel. Auch als Adele längst schwieg, saß er noch so, und so ist er mir in Erinnerung geblieben. Adele aber? Sie blieb bei ihm sitzen und trank mit ihm aus demselben Glas. Vielleicht hat sie sogar seine Hand gehalten, bis er drauf kam, dass er, beruhigt nun, wieder in die Kalesche steigen musste.